우리가
우리를
기억하는
방식

우리가
우리를
기억하는   방식

그 길의 끝에서 너를 만나다   김동하 에세이

답

우
리
는

서로를 만나기 위해

기 나 긴 시 간 을   지 나 왔 구 나

3

베를린,
새로운 시작

1 ———————————————— 산티아고 순례길, 만남

로그로뇨 성당

눈을 뜨면, 곤히 자는 그 사람이 보인다. 팔을 조심스레 뻗어 그녀의 목에 두른다.

"잘 잤어?"

그녀는 반쯤 뜬눈으로 내게 눈인사를 건넨다. 그녀의 이마에 살포시 입맞춤한다. 조금만 더 자겠다며 베개를 끌어안는 그녀를 바라본다. 나른한 일요일 아침과 그녀 곁을 맴도는 연한 샴푸향. 이 순간이 좋다. 더 이상 바라는 것이 없을 때 행복이란 감정을 느낀다. 우리가 '산티아고 순례길'을 걸었을 때를 떠올린다.

기억은 나를 그 행복이 출발했던 곳으로 데려다준다. 그때 우리는 미래의 우리가 함께 아침을 맞이하는 사이가 되리라는 걸 알았을까. 운명이란 것이 있어서 우리는 그동안 서로를 찾아 헤맸던 걸까. 커튼을 젖히자 햇살이 쏟아진다. 햇살을 피해 등을 돌리는 그녀를 살며시 깨운다.

"우리 산티아고 순례길 걸을 때, 소원 적은 거 기억나?"

그녀는 기지개를 켜며 내 쪽을 바라본다.

"그때……? 기억나지. 왜?"

"뭐라고 적었어?"

우리가 처음 만났을 때, 나는 그녀를 '누나'라고 부르며 말끝마다 정갈한 높임말을 했다. 그녀는 그때마다 편하게 말하라 했지만 내겐 어려운 일이었다. 내 언어는 언제나 마음보다 느렸다. 마음이 상대에게 도착하고 나서야 언어를 곱게 단장했다. 며칠간 높임말을 고수하다 나도 모르게 마음이 느즈러졌던 날, 그녀는 내게 "갑자기 말투가 바뀌었다 너?"라며 농을 쳤다.

아마 소원을 적었던 날이 그때쯤이었을 것이다. 따사로운 햇살 사이로 황금빛으로 물든 산맥이 보였다. 물을 몇 모금 마시는 동안 어느새 나를 따라잡은 순례자가 "저 앞에 간이 쉼터가 있어. 조금만 힘내."라며 성큼성큼 앞서갔다. 능선에 있던 간이 쉼터에는 비를 피할 수 있는 지붕과 녹이 슨 벤치 몇 개가 있었다.

벤치 앞쪽에 나무로 된 커다란 벽이 있었고, 그 벽엔 다양한 언어가 빽빽하게 적혀 있었다. 이곳을 지났던 순례자들이 자신의 소원이나 그때의 느낌을 적어놓은 것이었다. 누군가는 사랑이 뭐냐고 물었고, 누군가는 행복은 우리 안에 있다고 적었다.

각기 다른 시기에 적힌 글이었지만 하나의 문답같이 느껴졌다. 인기척에 고개를 들자 그녀가 보였다. 손을 들어 인사를 건넸고, 그녀는 "오늘은 그늘이 하나도 없네."라며 내 곁에 배낭을 내려놓았다. 소맷자락으로 땀을 훔치며 한참을 벽 앞에 서 있던 그녀는 "우리도 쓰자!"라며 내게 펜을 건넸다. 땀에 젖은 머리카락을 귀 뒤로 넘기며 그녀는 나중에 다시 와서 소원이 이루어졌는지 확인해보자고 말했고, 나는 그 말이 함께 오자는 뜻인지 물어보고 싶었다.

그녀가 멀찌감치 떨어져 소원을 적기 시작했고 나도 펜을 쥐고 골똘히 생각했다. 그 순간 의도하지 않게 휘말려 한 치 앞을 알 수 없게 되어버린 듯했다. 묵직한 무언가가 가슴을 눌렀다. 우리는 어떤 사이가 될까. 순례의 길도 절반을 넘어섰다. 2주가 더 지나면 우리는 원래 있던 곳으로 돌아가야 한다. '스쳐간 인연'이란 이름으로 그녀의 삶에서 밀려나는 것이 두려웠다. '그래서 어떻게 됐니?'라고 적으며 나는 미래의 나에게 물었다.

펜을 다시 건네는 나를 보고 그녀는 미소 지었다. 가슴 시릴 만큼 따스한 웃음이었다. 쓴 것 좀 보자며 그녀가 다가왔고, 나는 손으로 황급히 가리며 안 된다고 말했디. "에이, 나중에 보지 뭐."라며 그녀는 배낭을 멨다. 이곳에 다시 왔을 때 우리는 함께일까. "누나는 뭐라고 썼어요?"라는 물음에 "안 알려줄 건데?"라며 혀를 빼꼼 내밀었다.

우리가 처음 만난 곳은 스페인의 로그로뇨(Logrono) 성당이었다. 깜깜해진 거리를 헤매다 간신히 성당에 도착한 나는 숨을 헐떡거리며 순례자 명부에 이름을 적고 있었다. 그때, 2층에서 한국인 무리가 내려왔다.

반가운 마음에 넙죽 인사했지만 추레한 내 몰골이 떠올라 싱겁게 눈을 돌렸다. 그들은 갑작스러운 한국인의 등장에 당황했는지 어색한 목례로 인사에 답했다. 살짝 고개 숙였던 그녀. 모자를 푹 눌러쓴 난 애매한 자세로 그녀를 등지고 있었고 그녀는 눈길도 주지 않고 숙소로 들어갔다. 돌이켜보면 그때 나는 빨리 침대에 누워 쉬고 싶다는 간절함 외에는 별다른 생각이 없었다. 그것이 우리의 첫 만남이었다.

한 달가량을 걸어 스페인의 서쪽 끝에 도착한 이 길엔 많은 한국인이 있었다. 고행 길을 함께하는 동료로서 한국말을 할 줄 안다는 이유만으로도 금세 말을 텄다. 그녀는 야구 점퍼를 주로 입는 친근하고 털털한 학교 선배 같았지만 어딘가 다가가기 머뭇거리게 하는 분위기를 풍겼다. 안경이 부러져 고생하던 내게 테이프를 건네주었고 자신이 사온 군것질거리를 일행에게 나눠주는 것을 보며 심성이 고운 사람이라고 짐작만 했다.

스프링 한쪽이 나간 것 같은 침대에 앉아 숨을 돌렸다. 성당 안에 있던 숙소엔 열댓 개의 2층 침대가 있었고 저녁 식사를 마친 순례자들은 각자의 침대에 누워 누군가에게 전화를 걸기도, 삼삼오오 모여 수다를 떨기도 했다.

대각선에 있던 그녀는 라디에이터 근처에 앉아 젖은 머리카락을 말리고 있었다. 그녀에게 다가가 샤워실이 어디냐고 조심스레 물었다. 그녀는 길게 늘어트린 머리카락을 젖히고 나를 힐끔 쳐다보았다. 그러곤 자리에서 일어나 따라오라고 손짓했다. 잠옷 차림에 화장기 없는 얼굴. 낮 시간 내내 길을 걸었던 순례자들은 숙소에 도착하면 가장 편안한 상태로 저녁을 맞이했다.

괜한 예의를 차릴 필요도 없었고, 어떤 목적을 가질 이유도 없었다. 이 길은 본래 그 사람의 모습을 보여주었다. 우리는 꾸밈없는 서로의 모습을 수줍게 읽어갔다. 컴컴한 복도를 지나자 그녀는 "저기가 샤워실이야."라며 손짓했다. 나는 고맙다며 고개를 숙였고 그녀는 어둠 속으로 사라졌다.

우리가 다시 만난 건 그로부터 며칠이 지나서였다. 그녀는 무릎 통증 때문에 하루를 쉬었고, 늘 반나절 정도 뒤처져 걷던 나는 그녀를 다시 볼 수 있게 되었다. 우리는 새벽 공기 사이로 서서히 모습을 드러내는 부르고스(Burgos) 성당을 바라보며 배낭을 멨다. 제대로 얘기 한 번 해본 적 없는 그녀와 단둘이 걸어야 한다는 부담을 느꼈지만 나쁘지만은 않았다. 그녀와 나는 노란색 화살표를 따라갔다.

갈대숲이 살랑이며 바람이 부는 방향으로 머리를 젖혔고, 진노란 낙엽이 길가에 뒹굴었다. 내가 느꼈던 부담이 무색할 정도로 우린 금세 대화를 주거니 받거니 했다. 외국의 시골길을 함께 걷는다는 것은 인사동 쌈짓길을 걷는다거나 청계천을 걷는 것과는 다른 느낌이었다. 그곳에서 내가 의지할 사람은 그녀뿐이었고 그녀도 그랬을 것이다. 아침 해가 떠오르자 하늘은 서서히 연분홍색으로 변해갔다. 왼편에는 희미한 초승달이 매달려 있었다.

"저기 보세요. 해와 달이 떴네요."

안개에 가려진 들판 사이를 가리키며 내가 말했다. 고개를 든 그녀는 작은 탄성을 뱉었다.

"그러네. 하늘 봐! 정말 이쁘다."

"왜 해와 달이 같이 떠 있는 줄 알아요?"

그녀는 미간을 살짝 찌푸리고 나를 보았다.

"모르겠는데……. 쟤네는 왜 그런대?"

함께할 수 없는 해와 달이 같은 하늘에 있는 모습이 비현실적이었지만, 왠지 잘 어울리는 것 같았다. 아주 오래전부터 같이 있던 것처럼 자연스레 아침을 맞이했다. 안개를 뚫고 새들이 하늘을 가로질렀다. 저 달을 향해 간다 해도 이상할 것이 없는 아침이었다.

"아…… 저도 몰라서 물어본 거예요."

"뭐야. 알아보고 나한테 나중에 보고해."

우리는 발걸음을 멈추고 사진을 찍기 위해 카메라를 꺼냈다. 그녀는 나지막이 "으"라며 짧은 숨을 내쉬곤 카메라를 들었다. 그 모습에 피식 웃음이 나왔다. 그녀는 시큰둥하게 "왜 웃어?"라고 말하고 카메라 렌즈를 조정했다. 그녀의 볼은 연분홍 하늘빛을 닮아갔다. 나는 "정말 이상한 아침이죠?"라고 말했고 뷰파인더에 눈을 대고 있는 그녀는 "그러네."라고 답했다. 우린 같은 하늘을 다른 카메라에 담았다. 그곳은 우리만의 작은 우주였다.

가깝고도 먼 사이

순례길에 마법이 있다면 옆에 있는 사람을 오래 알고 지낸 친구처럼 느끼는 데 단 5분도 걸리지 않는다는 것이다. '이름이 뭐예요? 사는 곳은 어디시죠? 취미가 뭔가요?' 따위의 질문들은 건너뛰고, '저는 삶이라는 것에 대해 이렇게 생각해요. 앞으로 이런 사람이 되고 싶어요. 제가 후회했던 것들은 이런 것이에요.'와 같은 진솔한 대화를 나눌 수 있다는 것이 이 길의 매력이다. 나는 그녀와 나란히 걷기도 때로는 앞서 걷기도 했다. 끊이지 않고 재잘거리며 수다를 떤 것은 아니었지만, 그녀와의 짧은 대화가 끝나고 나면 복잡한 수학 문제를 풀고 난 뒤 맛볼 수 있는 상쾌함을 느꼈다.

그녀는 미대에서 디자인을 전공했다. 졸업 후 '광고 아트 디

렉터'로서 광고 촬영에 필요한 소품을 제작하고 배치하는 일을 몇 년간 하며 사회 초년생의 팍팍한 삶을 톡톡히 맛보았다. 하루 2시간도 잠을 자지 못하며 1년 내내 먼지 가득한 세트장에서 살았지만 자신이 하는 일에 대한 열정이 있기에 견딜 수 있었다. 지금만 참으면 언젠가 행복해질 거라며 사무실에서 선잠을 잤다. 집은 단지 샤워만 하는 곳으로 바뀐 지 오래였지만 버티고 또 버텼다. 하지만 그 '행복'은 점점 더 멀어져가는 것 같았다.

"그래서 일을 그만두고 3개월 정도 유럽 여행을 했어."

"올해는 거의 여행만 했네요. 유럽 어디가 제일 좋았어요?"

그녀는 하려던 말을 멈추고 왼편에 펼쳐진 포도밭을 바라보았다. 수확 시기가 지났는지 자글자글한 암갈색의 포도알이 나무에 매달려 있었다. 사방에 널린 포도를 보는 것만으로도 시큼한 향이 코를 휘젓는 것 같았다. 그녀는 "여기 괜찮은 애 있다."라며 굵은 포도알 하나를 내게 건넸다.

"어려운 질문인데? 어딜 가나 좋았지만 그래도 기억에 남는 건 역시 사람인 것 같아. 좋은 사람들을 만났던 곳이 제일 좋았어."

그녀는 내게 사진을 보여주었다. 두오모(Duomo) 성당을 배경으로 사람들은 맥주잔을 들고 있었고, 그 사이에서 그녀는 활짝 웃고 있었다.

"민박에서 만난 사람들인데 너무 잘 맞는 거야. 그래서 피렌체에 있는 동안 항상 붙어 다녔어. 나 한국에 갔을 때도 다시 만났다니까."

"여기 두오모 성당이죠? 사랑하는 사람이랑 가면 절대 헤어지지 않는다던데."

"그래? 그렇게 낭만적인 곳이었어? 나중에 다시 가야겠네. 나는 계단 올라가느라 죽을 뻔한 기억밖에 없는데. 다섯 계단 오르고 천장 바라보고 다시 다섯 계단 오르고 쉬고 그랬어."

그녀는 마치 그 계단들을 오르는 듯 숨을 내쉬는 시늉을 했다.

"전망대에 도착하면 피렌체 전경이 보이거든. 정말 이뻐. 잠깐만."

그녀는 엄지손가락을 휙휙 올리며 사진을 찾았다. 우린 가던 길을 멈췄다. 숨을 죽이고 그녀의 핸드폰을 바라보았다.

"봐봐. 이쁘지? 이거 직접 봐야 해."

작은 화면 안엔 하얀 구름과 파란 하늘 그리고 빨간 지붕이 조화롭게 뒤섞여 있었다. 길게 뻗은 건물들 사이로 검은 그림자가 졌다. 사진을 가만히 보고 있으면 그림자로 빨려 들어갈 것 같았다.

"우와. 진짜 이쁘네요. 다음에 유럽 오면 한번 가봐야겠어요."

"꼭 한번 가봐. 사랑하는 사람이랑 가는 거 잊지 말고."

나는 "그러면 못 갈 것 같은데요."라며 장난스럽게 웃었다. 순간, 찰나의 정적이 있었다. '그럼 다음에 같이 가요.'라는 말이 머릿속에 맴돌았다.

얘기가 끝날 때쯤 멀리서 골짜기가 나타났고 작은 마을이 보였다. 외할머니댁 근처에 있을 법한 동네 슈퍼 같은 숙소에 들어섰다. 그윽한 토마토 향이 로비를 채우고 있었다. 쌀쌀맞아 보이는 주인아주머니는 귀찮다는 듯 손가락으로 위를 가리켰다. 이미 다른 순례자들이 대부분의 침대를 차지했고 남은 거라곤 2층 침대 하나밖에 없었다. 매끈한 광택이 나는 목조 침대엔 갈색 반점이 물결치듯 박혀 있었다. 계단을 올라 고꾸라지듯 침대에 누웠고 그녀는 1층 침대에 짐을 풀었다.

"자, 밥 먹으러 가자."

그녀는 옷가지를 가지런히 이불 위에 두고 나무로 된 침대 난간을 노크하듯 똑똑 두드리며 말했다.

"죄송한데 저에겐 휴식이 필요해요."

철부지 아이가 투정하듯 등을 돌리자 그녀는 이 상황이 우스웠는지 코웃음을 쳤다. 그리고 "주인아주머니께서 저녁 식사 준비됐다고 다 내려오래."라는 짧은 말을 남긴 채 식당으로 향했다. 슬그머니 내려와 1층 침대를 언뜻 보니 잘 정리된 옷가지

옆엔 화장품과 샤워 용품이 가지런히 올려져 있었다. 문득 그녀와 같은 공간에 있다는 사실이 실감 났다.

밤이 찾아왔고 어디선가 닭 울음소리가 들려왔다.

순례자들은 경건하게 다음 날을 준비하는지 방 안은 조금의 소음도 허락하지 않은 적막이 흘렀다. 창밖엔 듬성듬성 별이 있었고, 창문엔 뿌연 서리가 껴 있었다. 손가락을 대고 선을 그었다. 검지가 뽀드득 밀리며 서리는 선을 따라 물방울이 되었다. 멍하니 그 선을 보고 있으니 새어 나온 불빛에 그녀의 그림자가 서렸다.

"누나 뭐 하고 있어요?"

고개를 침대 밖으로 내밀고 물었다. 그녀는 스탠드 불빛 아래 있던 노트를 접었다.

"일기 쓰고 있어. 너도 써봐. 나중에 보면 재밌어."

"그렇게 걷고도 손을 움직일 힘이 남아 있어요? 주로 뭘 쓰는데요?"

"그냥 오늘 하루 있었던 일이나 뭐 느낀 것들. 안 써놓으면 까먹거든."

집중하여 노트에 무언가 적고 있는 그녀의 뒷모습을 보자 그녀의 하루에 내가 있는지 궁금했다. 어떤 얘기를 쓸지. 단어로 이루어진 나는 어떤 표정을 짓고 있을지. 나에 대해 써줬으면 좋겠다는 생각이 들었다. 나는 하릴없이 다시 침대에 누워 책을 펼쳤고 자정이 다 되어가자 맞은편 침대에서 코 고는 소리가 들려왔다. 그녀는 "내일 아침에 봐."라는 말을 남기고 잠자리에 들었다. 우리가 같은 공간에서 잠을 잤던 첫 번째 밤이었다.

해 뜨기가 무섭게 사람들은 주섬주섬 옷을 갈아입었다. 일출과 함께 걷기 시작해 오후 3~4시가 되면 숙소에 도착하는 것이 순례자의 하루였지만 아침잠이 많았던 나는 남은 수면 시간을 채우기 위해 이불을 머리끝까지 올렸다. 얼마나 잤을까. 햇살에 데워진 이불을 걷어내며 크게 하품을 했다. 적막한 숙소에 가벼운 소음이 흘렀다.

조심스럽게 2층 침대 계단을 밟았다. 모두가 떠난 숙소는 또 다른 순례자들을 맞이할 준비를 하고 있었다. 그녀가 누웠던 자리를 보았다. 이불과 베개가 가지런히 놓여 있었다. 온기가 빠진 자리를 보자 서운함이 들었다. 그녀에 대한 이러한 감정이 어디서 왔는지, 또 어디로 가는지 정확히 알 수 없었지만 나를 기다려줬으면 하는 일말의 아쉬움만은 내내 떠나지 않았다.

나도, 그녀도 각자의 짐을 지고 산티아고 순례길을 걸었다. 이 길을 걸으며 풀고 싶었던 고민이 있었기 때문에 순례길에서 사랑에 빠지는 것을 원하지 않았다. 만약 피리의 에펠탑 앞에서 만났다거나 프라하의 카를교에서 만났다면 달랐겠지만 이 길은 온전히 자신을 마주하는 길이었다. 그래서 우리는 웃고 떠들기보다는 혼자 길을 걷는 날이 많았다. 필요한 말이 아니면 말을 아꼈고 숙소에 도착해도 책을 읽는다거나, 여행에 대한 감상을 기록하며 오롯이 하루를 끝마쳤다.

상투적인 표현이지만 가깝고도 먼 애매한 사이였다. 하지만 끝없이 펼쳐진 길을 걷고 있는 그녀의 뒷모습을 바라보는 것만으로도 '사랑'이라는 감정이 마음 한구석에 자리 잡기엔 충분했다. 그녀의 사소한 것들, 노을이 지는 하늘을 멍하니 바라보는 모습, 깨끗이 비운 접시 앞에서 탁탁 손을 털어내는 행동, 배낭을 내려놓고 땀을 닦으며 짓는 웃음. 그런 것들이 어느덧 내게 사소하지 않게 되었다.

나란히 걷다

12월 중순이었지만 점심을 넘긴 날씨는 상쾌했다. 한참을 걷다가 적당히 그늘진 나무 밑에 앉아 바게트와 하몽을 입에 넣었다. 귓가를 스치는 바람 소리를 듣고 그 소리를 따라 고개를 까딱거렸다.

몇 시간이고 걷다 보면 생각이 꼬리에 꼬리를 문다. 평상시였다면 하지 않았을 고민을 해보고, 웃어넘겼을 말도 곰곰이 되짚어본다. '순례길에 사랑을 하러 온 게 아니야.'라며 나를 막아서던 마음도 내게 쓰이는 시간이 많아질수록 어찌할 도리 없이 한 꺼풀씩 벗겨져 숨겨왔던 진심을 드러냈다.

하루의 대부분을 그녀에 대해 생각했다. 그녀와 나눴던 대화 속에서 얻은 빈약한 정보에 상상을 붙여 그녀가 살아왔던 삶을 추리해보거나 그녀의 손을 잡고 이 길을 걷는 상면을 내

멋대로 떠올렸다. 그럴 때면 부끄러움에 헛기침을 했다. 그녀가 혹시나 따라오고 있을까 뒤를 자주 돌아보게 되었고, 같이 점심을 먹기 위해 허기를 참고 더 걷기도 했다. 그러다 마주치면 우연을 가장하는 것은 나의 특기였다. 마치 여기 있을 줄 몰랐다는 듯 무심하게 인사를 건네거나, 다른 일행을 기다리는 척하다 '안 오나 보네.'라고 혼잣말을 하고는 그녀를 따라 걸었다.

"여행하면서 사랑에 빠지거나 로맨틱한 일 없었어요?"
말없이 한참을 걷고 있을 때였다. 가까스로 생각해낸 질문이 고작 이 정도 수준이라는 것에 내 자신이 원망스러웠다. 그녀는 천천히 고개를 돌려 나를 보았다.
"시도는 많았지."
"누나요?"
나도 모르게 마음이 여러 꺼풀 벗겨졌다. 당황한 모습을 감추기 위해 "그러려고 여행하는 건 아니에요?"라고 재빨리 덧붙였다. 그녀는 아는지 모르는지 눈치가 빠르다고 농담을 던지며 내 어깨를 톡톡 건드렸다.
"아니. 상대방이 말이야. 동행으로 만나서 관광지를 둘러보고 숙소 가면 연락이 와. 따로 술 한잔하자고. 내가 여행 중이니까 쉽게 연애를 할 거라고 생각했나 봐."

그녀는 마치 고약한 상사의 험담을 하듯 감정을 실어 얘기했다. 내가 원하는 방향이 아니었으므로 핸들을 조정할 필요가 있었다.

"그렇다고 무조건 나쁘다고만 생각할 수 없잖아요. 첫눈에 반할 수도 있는 거 아니에요?"

"너는 어떻게 생각할지 모르겠는데 나는 여행지의 낭만 이런 거 싫어."

그녀는 배낭에 돌돌 말려들어간 옷을 빼내느라 제자리에서 가볍게 뛰었다. 그런 그녀를 아랑곳하지 않고 "왜요?"라며 다음 말을 재촉했다.

"여행 가면 설레잖아. 온통 새로운 것투성이니까. 근데 혼자니까 외롭기도 하고. 그래서 누군가와 사랑에 빠지기도 쉽잖아. 그렇게 사랑에 빠졌다고 치자. 일상으로 돌아와서는 어쩔 건데? 여행지의 설렘과 외로움이 사라지고 나서도 계속 사랑할 수 있을까?"

그녀의 말에 순순히 인정한다면 '우린 이어질 수 없어요.'라고 스스로 말해버리는 꼴이었다. 설득한다고 되는 문제가 아니었지만 괜한 초조함에 '그래? 그럼 한번 가능성을 열어볼까?'라는 식의 대답을 듣고 싶어졌다.

"그건 너무 편파 판정 아니에요? 사람 일은 모르잖아요. 여행이 끝난 뒤에도 서로 사랑하면서 잘 지낼지 어떻게 알아요."

"맞아, 편파 판정이야. 그런데 나는 어드벤티지가 있는 게임을 하고 싶지 않아. 정정당당하게 승부하고 싶어. 낭만적인 분위기에 취해 사랑에 빠지기도 싫고, 이 아름다운 것들을 혼자 보는 것이 외로워 누군가와 함께하고 싶지도 않아. 그게 나만의 규칙이야."

그렇게 단호한 말투는 처음 들었기 때문에 대답을 쉽사리 하지 못 했다. 그녀는 멍하니 고개만 끄덕이는 나를 보고 어색한 분위기를 느꼈는지 다급히 입을 열었다.

"그래서 낭만을 좇는 우리 동하는 여행하는 동안 무슨 일이 있었나 보네."

"아니에요. 저도 그런 거 싫어해요."

그녀는 피식 웃으며 말했다.

"뭘 싫어해. 아까 엄청 집중해서 듣는 거 다 봤어 내가."

눈을 가늘게 뜬 그녀는 '다 알고 있어.'라는 표정으로 나를 보았다. 어쩔 줄 몰라 하는 표정을 들키지 않기 위해 몇 발짝 물러섰다.

"저는 뭐 맨날 시골만 걸어서 사람 만날 일이 없어서 여행지의 낭만 이런 거 없었어요."

그녀는 종종걸음으로 나를 따라와 웃으며 말했다.

"너 얼굴 빨개졌는데?"

"아…… 진짜!"

고개를 확 돌려 빠른 걸음으로 앞서갔다. 바람을 타고 스미듯 다가온 그녀의 로션 향에 잠시 코가 간지러웠다. 심장 박동이 빨라진 것은 육체의 움직임 때문인지 마음이 동요해서인지 알 수 없었다. 뒤쪽에서 손뼉을 치며 웃는 소리가 들려왔다.

"근데 그런 건 있어. 나는 스페인에서 순례길을 걷고 있는데 앞으로 함께 살아갈 그 사람은 어디서 뭘 하고 있을까? 이런 거 너는 궁금하지 않아?"

나는 발걸음을 멈추고 천천히 따라오는 그녀를 기다렸다. 그녀는 내게 답을 구하려는 듯 빤히 쳐다보고 있었다.

"그런 생각은 해본 적 없는 거 같은데요. 누나의 반려자라면…… 지금쯤 회사에 다니고 있지 않을까요? 아니면 취업 준비를 하고 있다거나. 어, 오늘 주말이구나. 그럼 집에서 쉬고 있겠죠."

"야, 그만 그만. 그건 그렇게 분석하고 따지는 게 아냐. 그냥 마음에 맡기는 거야. 모든 가능성을 열어두고 그 상상을 하는 순간을 즐기면 돼."

"아직 태어나지 않았을 수도 있겠네요."

"동하야, 이 대화 따라오기 벅차니?"

그녀는 내게 핀잔을 준 뒤 '내가 너랑 무슨 얘기를 하냐.'라는 표정을 짓고 앞서 걷기 시작했다. 이번엔 내가 다급히 그녀를 쫓아가며 입을 열었다.

"아니면 지금 그 사람 순례길에 있을 수도 있죠. 꼭 우리 일행이 아니더라도 저기 앞서 있거나 아니면 생장피에드포르(Saint Jean Pied de Port)에서 오늘 출발했거나. 그래서 나중에 만났는데 '어, 저도 그때 순례길에 있었어요.' 이럴 수도 있는 거고. 여행지의 낭만이면서 운명 어때요?"

"그거 괜찮네. 너도 아주 돌덩이는 아니구나. 이번 건 좀 좋았다."

다시 우리는 나란히 걸었다. 얼마나 걸었을까 나무의자에서 쉬고 있던 일행을 만나 함께 점심을 먹었다. 그녀와 눈이 마주치자 나는 '혹시 여기에 있을 수도 있어요. 잘 찾아봐요.'라고 눈빛을 보냈다. 그녀는 인상을 찌푸리면서 '그만하라.'는 듯 턱을 까딱 내밀었다. 다른 이들은 모르는 소박한 비밀을 혼자만 알고 있는 기분이었다. 그녀와 앞서거니 뒤서거니 하며 얘기를 나눴던 순간은 일기장에 써두곤 울적한 날 펼쳐보고 싶었다. 그녀에 대한 모호한 탐색전을 벌이는 날이 지속될지언정 그녀의 미소를 가까이서 볼 수 있는 것으로 만족했다.

상처 받지 않을 정도의 거리

프랑스에서 온 그렉과 나는 순례길에 오기 전부터 알던 사이였다. 땀을 뻘뻘 흘리며 숙소에 도착해 테라스에 앉아 맥주를 마시고 있으면 그는 내 곁에 다가와 "오늘은 어때?"라고 묻곤 했다. 그에게 너의 행복은 뭐냐고 물었던 날, 술에 잔뜩 취한 그는 "지금 여기서 너와 맥주를 마시고 있는 것이 행복이야!"라며 소리를 질렀다. 공허한 하늘엔 그의 목소리가 띄엄띄엄 퍼져나갔다. 사람들과 잘 섞이지 못했던 난 쾌활하고 재치 있는 그가 일행과 두루두루 친하게 지내는 모습이 부러웠다. 그를 통해 내가 세상과 닿고 있다고 생각했다. 어딜 가나 그렉 같은 사람이 있었다. 그런 사람 뒤에서 세상을 훔쳐보는 것이 나의 버릇이었다.

컨디션이 좋다며 앞서 나가 하루 이틀 정도 거리에 있던 그렉에게서 전화가 왔다. 라디에이터가 고장 났던 숙소엔 냉기가 감돌았고 차가운 물이 쏟아지는 샤워실에선 단발의 곡소리가 들려왔다. 전화를 받기 위해 주머니에서 손을 꺼내자 금세 오돌오돌 떨리기 시작했다. 며칠 못 봤을 뿐인데 반가운 마음이 들어 오늘은 어떠냐며 입김을 불며 말했다.

그는 하고 싶은 말이 있었는지 형식적인 대답만 하곤 뜸을 들였다. 그러곤 갑자기 그녀에 대해 이야기하기 시작했다. 요새 그녀와 같이 걷고 있냐고. 그녀는 잘 지내냐고. "으응…… 잘 지내고 있지."라고 어물쩍거리고 있자 샤워를 마치고 나온 벨기에 친구 티보는 어깨를 잔뜩 움츠린 채 종종걸음으로 침대에 돌아왔다. 그녀는 샴푸와 수건을 들고 티보에게 다가가 따뜻한 물은 전혀 안 나오냐고 물었다. 티보는 흰자위를 보이며 거품 무는 시늉을 했다. 그런 티보를 본 그녀는 까르르 웃고는 샤워실로 향했다. 그는 무언가 내게 말했고 주의를 놓친 난 뭐라고 했냐고 되물었다.

"그녀가 웃을 땐 빛을 내는 것처럼 아름다워."

이곳에 그렉이 있는지 반사적으로 고개를 돌릴 뻔했다. 그는 그렇지 않냐고 내게 동의를 구하듯 말을 이어갔다. 내 대답이 석연치 않았는지 그는 잠시 머뭇거리다 "혹시 너도 그녀를 좋아하는 건 아니지?"라고 말했다. 한낮에 길을 걷다 갑자기 넘어진 것처럼 얼굴이 화끈거렸다. "뭔 소리야. 내 스타일 아니야."라고 김빠지는 소리를 했다. 한심했다. 그럼 다행이라고, 그녀에게 생일 선물을 주려고 하는데 네가 도와줬으면 좋겠다고, 잘 될 수 있게 다리를 놔달라고 그렉이 말했다. 머리를 쿵하고 얻어맞은 것 같았다. 12월 25일. 그녀의 생일은 크리스마스였다.

바람 한 점 불지 않던 날, 족히 수백 년은 됐을 것 같은 웅장한 나무 밑에 앉아 있던 그녀가 나를 보고 반갑게 손을 흔들던 날이 떠올랐다. 아침이 왔음을 인정하기까지 오랜 시간이 걸렸던 나는 모두가 출발한 뒤에야 길을 걷기 시작했고 늘 점심이 돼서야 앞서간 그녀를 만났다. "밥은 드셨습니까?"라고 그녀는 물었고 나는 "예, 먹었습니다."라며 되받아쳤다. 그녀보다 반걸음 정도 뒤에서 걷고 있던 나는 어색한 분위기를 깨야겠다 싶어 좋아하는 계절이 뭐냐고 물었다. 그녀는 겨울에 태어나서 그런지 겨울을 좋아한다고 했다. 나는 자연스럽게 "언제 태어났는데요?"라고 물었다.

"12월 25일. 크리스마스가 내 생일이야."

크리스마스에 태어난 사람이 예수의 제자가 걸었던 이 길을 걷는 건 운명 아니냐고 놀리듯 말했다. 그녀는 나를 한 번 째려보곤 다시 말을 이어갔다.

"신기하지? 근데 크리스마스에 태어나서 억울한 게 이만저만이 아니야. 나는 생일 선물이란 걸 따로 받아본 적이 없어. 항상 생일 선물 겸 크리스마스 선물을 받으니까."

"아…… 그렇겠구나……. 크리스마스가 생일인 사람은 처음 봤어요. 그런 날이 생일이면 기분이 어때요? 크리스마스 날만 되면 모든 사람이 누나의 탄생을 축하해주는 기분이 들지 않아요?"

"맞아. 어딜 가나 조명이 반짝거리고 길거리에서는 노래가 흘러나오고 사람들은 즐거워하고. 다들 내가 태어난 걸 축복해주고 있다는 착각이 들기도 해."

그녀는 종종 손가락으로 턱을 톡톡 두드리며 이어갈 말을 찾았다. 그런 그녀를 멍하니 바라보고 있다 다음 말을 놓치곤 했다. 그럴 때면 몇 초의 정적 속에 나를 까맣게 잊는 달콤한 기분이 들었다.

"그런데 모두가 크리스마스를 소중하게 생각한다는 건 조금 심술이 난다. 그런 거 있잖아. '생일'은 내가 태어난 날이고 나만이 특별하게 여겨지는 날인데 모두 그날에 의미를 두면 내 것을 뺏긴다는 기분이 들어. 왠지 내 생일이 별일도 아닌 것 같기도 하고 그래."

땀 한 방울이 그녀의 턱에서 툭 떨어져 배낭끈을 스쳤다. 풀숲 너머에선 무신경하게 달리는 차들의 엔진 소리만 들려왔다. 그녀는 이마에 맺힌 땀을 닦고는 하늘을 쳐다보았다. 구름 사이로 따사로운 햇볕이 쏟아져 내렸다. 쌀쌀한 날씨였음에도 포근함이 온몸을 맴돌았다.

"그래도 저는 크리스마스에 오직 누나 생일만을 축하할게요."

그녀는 피식 웃고는 "그래. 고맙네."라고 말하며 길가에 있는 돌멩이를 등산 스틱으로 툭 쳐냈다.

"모르겠어. 나는 크리스마스에 태어나서 어렸을 때부터 양보하는 법을 배운 것 같아. 한 번도 친구들과 생일 파티를 한 적이 없거든. 내게 특별한 날이지만 모두에게도 특별한 날이니까."

뜻밖의 대답에 다시 말을 꺼내기가 망설여졌다. 괜한 질문을 했나 싶어 똑바로 얼굴을 쳐다보지 못했다. 몇 초간의 침묵이 흐르고 그녀가 입을 열었다.

"그래도 남들은 각자의 날이 다 있는데 나만 없다는 건 좀 서운하더라. 그래서 나는 12월 31일을 특별하게 생각해. 크리스마스가 지나고 며칠 뒤면 그해의 마지막 날이 오잖아. 들떴던 마음이 차분해지고 지나왔던 1년을 되돌아보면서 먹먹해지기도 하고 내일이 새해의 첫날이라는 생각에 묘한 기분이 들기도 하고. 그래서 나는 12월의 마지막 날이 좋아."

마치 오래전 일을 회상하는 듯 그녀는 담담하게 말했다. 어릴 적 가지고 놀던 장난감을 우연히 다시 본 것처럼 애잔함이 묻어나기도 했다. 오빠를 둔 둘째 여자 아이. 그녀는 얼마 남지 않은 자신의 몫을 손에 꼭 쥐고 자랐겠구나. 그녀의 어린 시절이 궁금해졌다.

"그럼 우리 31일에 생일 파티 해요."

슬며시 미소 지은 그녀 얼굴엔 생기가 돌았다. 그녀의 볼에 생긴 보조개는 햇살을 가득 받으려는 듯 실룩 움직였다. 갑작스레 내 삶에 찾아온 그녀에게 무슨 말을 해야 할지 고민이 됐다. 오래 기다렸다고. 아니면 나에게 시간을 조금 달라고.

이틀 뒤면 크리스마스였다. 우리는 레온(Leon)에서 크리스마스 파티를 계획했고 하루 앞서가던 그렉은 그녀에게 줄 생일 선물을 우리가 머물 숙소에 두고 갈 것이라고 했다. 내가 할 일은 우리가 머물 숙소를 그에게 알려주는 것이었다. '나도 사실 그녀를 좋아하는 것 같아.'라는 말이 꿀벌이 미친 듯이 춤을 추듯 입안을 맴돌았다. 용기 있는 자만이 사랑을 쟁취한다는 말은 오래된 표현이라고 생각했었다. 정작 그 용기가 필요할 땐 구식의 격언을 무시한 대가를 혹독하게 치렀다. 언제나 나는

'상처 받지 않을 거리'를 가늠했다. 이대로 상대가 나를 떠나가도 내 하루에 영향을 주지 않을 거리에 선을 그었고 그 선을 넘어가지 않는 것이 나를 지키는 방법이었다.

열병을 앓을 만큼 뒤엉킨 감정의 소용돌이에 몸을 맡긴 적이 없었다. 이 정도면 괜찮겠다고 몇 번을 확인한 뒤에야 흔들거리는 난간을 붙잡고 내 안에 움트는 감정을 관망했다. 그 깊이를 헤아릴 수 없었기에 지금의 나는 뛰어들기를 주저했다. 확신에 차 있는 그렉의 음성은 그녀와 내가 보냈던 날들이 그저 상상에 불과했다고 말하는 것처럼 느껴졌다. 그렉과 그녀가 손을 잡고 길을 걷는 모습을 상상했다.

그녀에게 달려가 사실 나도 너에게 마음이 있다고 말하는 장면을 떠올리려고 했지만 그 장면은 상상 속에서조차도 이루어지지 않았다. 나는 무엇 때문에 대답을 주저하고 있나. 그렉에게 상처를 주고 싶지 않다는 생각이 불쑥 떠올랐다. 그 순간, 나란 사람은 어쩔 수 없다는 자조에 휩싸였다.

"알았어. 내가 물어보고 어디서 머물지 알려줄게."

"정말 고마워. 우리가 이어진다면 네가 큐피트야."

음성을 타고 그렉의 환한 미소가 보이는 것 같았다. 큐피트는 자신이 이루어준 수많은 남녀를 보고 행복했을까. 나는 마지못해 쏜 화살이 빗나가긴 바랐다. 혹시 그녀가 무엇을 좋아하는지 알고 있냐는 그의 물음을 듣자 돌덩이로 가슴을 가득 메운 듯 갑갑함이 차올랐다. 하지만 차라리 잘 된 일이라는 생각이 들었다. 그녀도 자상하고 유머감각이 있는 그렉을 각별하게 생각하는 것 같았다. 사랑이란 충분히 가치 있는 소중한 것이지만 지금은 나에게 집중해야 했다. 그것이 순례길을 걸으며 내가 해야 할 일이었다. 그렇게라도 나를 속이지 않으면 당당하게 자신의 감정을 보인 그렉에게 치졸한 수를 쓸 것만 같았다. 그는 내게 고맙다며 '생명의 은인'이라는 말과 함께 전화를 끊었다. 나는 누군가의 생명의 은인이 되었다.

샤워를 마치고 온 그녀는 젖은 머리에 수건을 대고 비볐다. 남은 물기를 손으로 탈탈 털어내더니 두 손을 가지런히 모으고 '호'하고 불었다. 그녀의 입에선 희뿌연 입김이 잠깐 모습을 드러냈다 사라졌다.

"혹시 담요 같은 것 있어?"

그녀는 침대에 앉아 두 손을 허벅지 밑에 두고 더 이상 참지 못하겠다는 듯 말했다. 나는 고개를 저었다. 그녀는 "어쩔 수 없지."라고 혼잣말을 하곤 다시 두 손에 입김을 불었다.

"크리스마스엔 따뜻했으면 좋겠다."

나에게 한 말인지, 혼잣말인지 알 수 없었다. 그랬으면 좋겠다고. 내게 그날은 오직 너의 날이라고. 마음속의 또 다른 내가 말했다.

"아마 그럴 거예요."

눈을 마주치지 않은 채 퉁명스레 중얼거렸다. 그렉이 준 선물을 받고 기뻐하는 그녀가 떠올라 가슴이 찌릿했다.

"밑에 가서 담요 있나 물어볼게요."

엄지를 곧게 세워 보이는 그녀를 뒤로하고 삐거덕거리는 계단을 밟으며 로비로 향했다.

이 연극도 어느덧 끝이 보였다.

그녀가 태어난 날

아침에 낀 안개는 걷히지 않고 오후가 되도록 거리를 떠돌았다. 엊그제 휴전을 맞이한 도시처럼 레온은 음산하기만 했다. 모두들 어디 갔는지 거리엔 행인들이 뜸하게 있었고, 숙소엔 땀 냄새가 옅게 밴 순례자들이 가득했다. 크리스마스이브라고 들떠 있는 사람들은 순례자밖에 없는 듯 웃음소리는 텅 빈 도시에 아득하게 퍼져갔다.

"동하야 이거 봐봐, 그렉이 나한테 선물 주고 갔어."

숙소에 도착한 그녀는 그렉이 남기고 간 선물을 받고 환한 웃음을 지었다. 곱게 포장된 선물 상자에는 편지와 초콜릿이 들어 있었다. 얼마나 기뻤으면 그녀는 숙소에 막 도착해 숨을 고르는 사람들에게 선물 상자를 내밀며 자랑했을까. 그녀가 웃을 때면 눈은 반달이 되고 볼에는 살짝 보조개가 생겼다. 저렇게 환히 웃는 얼굴은 처음이었다. 나는 카메라를 들고 그녀를 불렀다. 작은 화면 속에서 그녀는 나를 바라보고 있었다.

"사실 그렉이랑 저랑 같이 준비한 거예요. 제가 초콜릿 샀어요."

선물 상자를 들고 기뻐하는 모습 때문이었을까. 나도 모르게 거짓말을 해버렸다. 어서 그녀가 '고맙다.'라고 하길 바랐다. 선물을 준 고마운 사람 리스트에 내가 올라가 있나 확인이라도 하고 싶은 심정이었다.

"아…… 진짜? 언제 준비했대……."

그녀는 두 눈을 크게 뜨며 나를 보았다. 막 도착한 순례자 무리가 우리 앞을 지나갔고 그녀를 알아본 순례자가 그녀에게 인사를 건넸다. 선물을 보여주며 무언가 설명하는 그녀를 멀찌감치 지켜보다 그녀와 나 사이의 거리를 생각했다. 이제 우리 사이는 좁혀질 것 같지 않았다. 그녀가 '아는 사람'이라는 범주에 속하는 한 이렇게 지켜만 봐야 하겠지. 익숙해져야 했다. 편지를 읽느라 정신없는 그녀를 뒤로하고 로비로 향했다. '동하야. 잠깐.'이라고 불러주길 바라며 천천히 걸어갔다.

일행은 크리스마스 파티를 준비하느라 분주했다. 케이크를 만들고 있는 티보를 도와 밀가루 반죽을 하며 로비를 둘러보았다. 티보는 가문에서 대대손손 내려오는 비법이라며 제법 비장한 표정을 지었고, 그의 말에 맞장구 쳐주는 척하며 나는 고개를 돌렸다. 커다란 테이블이 있는 로비엔 다른 순례자들이 있었고 그들은 소파에 앉아 책을 읽거나 가족과 전화를 하고 있었다. 기다란 1인용 테이블에 앉아 편지를 쓰고 있는 그녀가 눈에 들어왔다. 형형색색의 크리스마스 장식이 빛을 받아 반짝였다.

그녀는 한참 편지를 쓰다 기지개를 켰고 자리에 앉아 허리를 이리저리 돌리다 나와 눈이 마주쳤다. 나를 보자 방긋 미소를 지었다. 편지지 옆에는 빨간 포장지를 두른 선물 상자가 있었다. 선물을 받고 좋아하던 그녀가 떠올랐다. 그녀는 선물을 들고 방에 들어가 한참을 나오지 않았다. 그 순간을 혼자 간직하려고 했던 것 같았다.

사실 내가 듣고 싶었던 말은 '고맙다.'가 아니었을지 모르겠다. '생일 선물 받는 거 안 좋아하는데.'라든지, 혹은 '뭐 이런 걸 다 준비했어.'라며 아무것도 아니라는 듯 선물을 침대 위로 휙 던져놓기를 바랐다. 혹시 때라도 탈까 선물 상자를 고이 모셔두는 걸 보니 목구멍이 턱 막히는 것 같은 갑갑함이 일었다.

서툰 솜씨로 만든 크리스마스 케이크를 탁자 위에 놓았다. 한두 명씩 그 주위로 모여들기 시작했다. 우리는 가져온 과자와 과일을 꺼냈다. 잔엔 3분의 1 정도 와인이 담겼고 케이크엔

초가 꼽혔다. 마지막 한 사람이 자리에 앉자 누군가가 "Feliz Navidad(펠리스 나비다드, 즐거운 성탄절 되세요.)"라고 말했다. 여기저기서 "펠리스 나비다드."라고 외치는 소리가 들려왔다. 웃음이 끊이질 않는 밤이었다. 와인 몇 잔에 발그스레해진 그녀에게 생일 축하를 건넸다. 그녀는 활짝 웃으며 고맙다며 눈을 찡긋했다. 오늘은 크리스마스였다. 그녀가 태어난 날이었다.

심장이 검은색으로 변하다

크리스마스 연휴가 끝나자 다시 일상으로 돌아왔다. 순례자의 일상이란 '걷는다'라는 뜻이다. 짧은 휴식이었던 만큼 달콤했고, 달콤했던 만큼 일상으로 돌아가는 건 일요일 밤의 맥락 없는 한숨과도 같았다. 이 길의 마지막인 '산티아고 데 콤포스텔라(Santiago de Compostela)'까지는 열흘이 남았다. 무겁게만 느껴졌던 배낭도 이제는 한 몸이 된 듯 익숙해졌다. 열흘 뒤면 모두 헤어지겠지. 익숙해지자 곧 헤어질 때가 되었다. 식당에서 배낭을 한데 모아놓고 옹기종기 모여 점심을 먹는 날도 얼마 남지 않아 점심때가 되면 혹시 아는 사람이 있는지 괜히 식당을 기웃거렸다.

우리보다 하루 앞선 그렉은 순례길 곳곳에 그녀에 대한 애정을 남겼다. 표지판에 '린 보고 싶어.'라고 써놓는다거나 돌멩이를 모아 하트 모양을 만들었다. 심지어 생일 다음 날엔 거대한 돌덩이에 빽빽하게 '린'이라는 그녀의 이름을 쓰기도 했다. 아무 생각 없이 길을 걷다가도 그가 남긴 흔적을 보면 그날의 답답함이 밀려왔다. 보는 사람이 있나 주위를 둘러보고 슬그머니 하트 모양의 돌멩이를 역삼각형으로 만들었다.

큐피트의 의무를 저버린 것 같아 묘한 죄책감이 들었지만 동시에 안도감이 썰물처럼 온몸을 빠져나갔다. 다행인지 불행인지 앞만 보고 걷던 그녀는 그렉이 남긴 정성 가득한 흔적들을 놓쳤고 숙소에 도착한 뒤 일행의 증언과 사진들로 뒤늦게나마 알게 되었다.

그쯤 나는 뜻하지 않게 힘든 시기를 보내고 있었다. 7개월간 유럽을 돌아다니며 순간을 느낄 수 있는 기쁨과 감사함으로 벅찬 하루를 보냈다. 작은 호의에도 고마움을 표하고, 그 호의를 누군가에게 베풀었지만 그녀를 만난 뒤부터는 그녀에게 서운함을 느끼거나, 질투하면서 내 안은 온통 타인으로 가득 찼다. 꿈자리가 사나웠던 아침을 맞이한 것처럼 걷는 내내 원인 모를 불쾌함을 달고 다녔던 날도 있었다. 티보는 그런 날을 '심장이 검은색으로 변했다.'라고 표현했다.

스스로도 어찌할 수 없는 불만과 투정이 솟구치는 나를 보며 고작 이 정도로 휘둘리는 사람이었나 실망도 했다. 아마 나는 이렇게 생각하고 싶었는지도 모른다. 괜히 틱틱거리고 싶은 마음은 그녀에 대한 호감이나 그녀를 사랑하는 그렉을 향한 질투 때문이 아니라고. 고작 이런 일에 흔들리는 내가 미워서 그런 거라고. 그럴 때면 숙소에 도착한 그녀에게 그렉이 남긴 메시지를 손수 전해주었다.

숙소에 모인 일행은 앞으로의 일정을 짜느라 분주한 저녁을 보냈다. 12월의 마지막 날을 어느 마을에서 보낼 것인가에 대해 다들 한 마디씩을 더했다. 순례길에서 새해를 맞이하는 일은 흔한 일이 아니기에 모두들 그날을 기대하고 있었다. 침대에 눕자 맞은편에 있는 그녀가 보였다. 그녀는 침대에 반쯤 누워 누군가와 얘기를 나누고 있었다.

웃음이 많은 그녀는 무슨 얘기를 하든 늘 입을 가리며 크게 웃었다. 그래서 그런지 모두들 그녀와 대화 나누기를 좋아했고 곁에는 언제나 사람들이 있었다. 하지만 종종 그녀의 상냥함이 어딘가 슬프게 느껴지기도 했다. 그것은 홀로 시간을 견뎌낸 자가 짓는 초연한 미소 같았다.

그녀가 고등학교 2학년이 되었을 무렵, 함께 놀던 친구들 무리에서 빠져나왔다. 그 나이 때 청소년이 그렇듯 무리에서 나가는 것은 곧 적이 됨을 의미했다. 어느 날 책상이 없어졌다. 반 친구들에게 물어봤지만 아무도 대답해주지 않았다. 모두가 하나씩 가지고 있는 책상이 없어지다니. 화가 나기도 서럽기도 했지만 티를 내지 않았다. 여기서 울면 지는 거다. 그녀는 울음을 꾹 참고 책상을 찾아 학교를 돌아다녔다. 소각장 위에 아무렇게나 버려진 책상과 책들을 보았을 때, 그녀는 오히려 웃음이 나왔다.

'절대 너희가 원하는 모습을 보여주지 않을 거야.'

낑낑거리며 책상을 들고 교실로 갈 때도, 매일 등교와 함께 소각장에 들를 때도 그녀는 그렇게 다짐했다. 날이 갈수록 학교생활은 힘들어졌다. 기죽은 모습을 보여주지 않자 아이들은 더 잔인해졌다. 칠판을 빼곡히 메운 그녀의 이름과 욕설을 지우면서 등 뒤에 날아오는 분필들을 그저 맞고 있을 수밖에 없었다. 눈물이 터져나올 것 같았지만 아무렇지 않은 듯 뒤돌아 자리에 앉았다. 더 강해져야 한다. 강박과도 같이 한 달 내내 그녀의 머릿속을 맴돌던 주문이었다. 그렇게 몇 달이 지나자 그녀는 점점 지쳐갔다. 투명인간처럼 학교에 있다 집으로 돌아가는 길엔 어김없이 눈물이 흘렀다.

미술 학원에서 그림을 그리던 중, 문득 내일이면 학교에 가야 한다는 사실이 떠올랐다. 등교를 하면 소각장으로 기 책상을 줍고, 무덤덤하게 친구들 사이를 지나 자리에 앉고, 칠판에 적힌 이름을 지우고, 또 그렇게 하루를 보내야 한다는 생각에 덜컥 눈물이 차올랐다. 그녀는 옆에 있던 필기구를 쳐냈다. 사각거리던 연필 소리는 멈췄고 모두들 그녀를 쳐다보았다.

그녀는 바닥에 떨어진 필기구를 주우며 "죄송합니다."라고 조용히 말했다. 재생 버튼을 누른 듯 연필들은 다시 분주히 움직였고, 책상 아래에선 힘껏 누른 듯한 울음소리가 새어 나왔다. 그런 날은 퉁퉁 부은 눈이 가라앉을 때까지 놀이터를 서성였다. 그녀는 그때 혼자만의 전쟁을 치르고 있었다. 아픔을 혼자 견디며 이불을 꼭 껴안고 잠드는 일은 그녀에게 너무도 익숙했다.

무언가 설명하는 듯 손을 내젓는 그녀를 바라보았다. 사람들 곁에서 그녀는 행복해 보였다. 다시는 아프지 않았으면 좋겠다고 생각했다. 언제나 지금처럼 웃는 일만 있길 바랐다. 놀이터에 쪼그려 앉아 눈물을 닦고 있는 그녀에게 "앞으로 좋은 일만 있을 거야."라고 말을 걸어보았다.

12월의 마지막 날

문간에 놔둔 등산 스틱이 보이지 않아 부산한 아침을
보냈다. 이미 나갈 채비를 끝낸 그녀는 가볍게 내 팔을 치더니
"오늘 맛있는 거 먹자."라고 말하며 숙소를 떠났다. 허겁지겁 옷
을 갈아입고, 사과 한 입 베어 물고 일행을 따라나섰다. 배낭에
아무렇게나 걸어놓았던 덜 마른 양말이 흔들거렸다. 다리가 덜
풀렸는지 걸을 때마다 왼쪽 발목이 욱신거렸다.

쌀쌀해진 날씨에 점퍼 지퍼를 목 끝까지 올렸다. 길가에는
아직 녹지 않은 눈이 쌓여 있었다. 반대편에서 오던 차는 서행
을 하더니 내 옆에 멈춰 섰고, 조수석 창문으로 몸을 기울인 스
페인 아저씨는 내게 "부엔 카미노(Buen Camino, 좋은 여행 되세
요)."라고 외쳤다. 나는 반사적으로 손을 올려 인사에 답했다.
멀리서 엄지손가락만 한 건물들이 보였다. 잠시 멈춰 발걸음을

돌렸다. 마을에 있는 카페에서 쉬어야겠다 싶어 지도를 보던 중 메시지가 도착했다. 그렉이었다. 그는 오늘은 조금만 걸을 거라고. 어디까지 가는지 알려주면 그곳에서 기다리겠다고 했다.

12월의 마지막 날이었다. 늘 하루를 앞서가던 그가 그녀와 만난다. 그에겐 그간 길에 남겼던 그녀에 대한 애정을 직접 확인하는 날이기도 했다. 마음이 편할 리 없었다. 그녀를 향한 신경을 의식적으로 돌리려고 했지만 노력과는 상관없이 불쑥 그 자리로 돌아갔다. 그와 그녀가 마주 보고 있다고 상상하니 얇은 종이로 베어낸 것처럼 가슴이 저몄다. 그녀를 향해 웃음을 짓는 그렉의 모습을 보는 것도, 절친한 그를 어색하게 맞이하는 것도 괜찮았다. 다만 그를 보고 기뻐하는 그녀의 얼굴을 지켜볼 자신이 없었다. 그것은 순전히 용기의 문제였다. 피하고 싶었던 그 순간을 맞이했을 때 내가 지을 그 표정을 아무에게도 보여주고 싶지 않았다.

잠이 덜 깬 채 밤새 쌓인 하얀 눈을 멀뚱멀뚱 바라보는 것처럼 나도 모르는 새 내 안에 가득 쌓인 그녀를 멀찍이 떨어져서 바라보고만 있었다. 소복이 쌓인 눈을 밟으며 걸어가는 즐거움도 겨울이 끝나가면 거무튀튀하게 변한 눈을 쓸어내야 하는 번거로움이 될 것을 알고 있었다. 언젠가부터 사랑이란 감정 앞에서 나도 모르게 태연한 척하는 버릇이 생겼다. 종잡을 수 없는 감정에 의연한 태도로 팔짱을 끼는 것이 성숙이라 믿어왔다. 살랑살랑 내리는 눈을 손에 쥐려고 뛰쳐나가는 어린아이 대신 창문 너머로 쌓인 눈을 보며 '오늘은 길이 막히겠네.'라고 나지막이 말하는 내가 서 있었다.

마을을 지나쳐 무작정 걷기 시작했다. 점심도 거른 채 걷다 보니 욱신거렸던 발목은 바늘로 찌르듯 아파왔고 고르지 못한 숨은 목구멍에 부딪혀 헛구역질이 나올 것 같았다. 무언가를 강렬하게 잊기 위해선 멈출 수 없었다. 성숙해지고 싶었는데 가슴은 너무도 아팠다. 배낭은 땀에 젖어 기분 나쁘게 등에 들러붙었다.

남푸른색 하늘로 새들이 푸드덕 날아올랐다. 시계도 보지 않은 채 걷다 보니 울창한 숲에 둘러싸인 산을 벗어나 고원 위에 마을이 보였다. 그렉과 그녀가 오늘 만날 곳이었다.

뒤를 돌아보니 저 아래 점처럼 보이는 순례자들이 있었다. 저기에 그녀도 있겠지. 그곳과 거리가 까마득하게 느껴졌다. 먼저 도착한 티보는 우스꽝스러운 탭댄스를 추며 내게 다가왔다. 별 반응이 없자 민망했는지 머리를 긁적이며 장을 보러 일행과 마트에 갈 건데 같이 가겠냐고 물었다. 순간적으로 그렉이 있는지 살폈다.

오늘, 이곳에서 머물 수 없을 것 같다는 생각이 들었다. 새해의 마지막 날, 흥에 겨운 이들 사이에 홀로 전전긍긍하고 있는 나. 다정하게 붙어 있는 그녀와 그에게 거짓으로 미소를 보이고, 위선을 담아 축하를 건네고 비참한 마음으로 잠에 들고 싶지 않았다. 대답을 기다리고 있는 티보에게 다음 마을로 갈 것이라고 말해버렸다. 나도 모르게 튀어나온 말이었다.

"왜? 오늘 다 같이 파티하기로 했잖아."

티보는 무슨 소리냐는 듯 물었다. 스트레칭을 끝내고 천천히 허리를 젖혔다. 적당한 대답이 생각나지 않아 괜히 몸을 움직이며 시간을 벌었다. 하지만 이곳을 지나치는 것도 나쁘지 않은 생각이었다. 이제 그녀와 헤어질 시간이 된 것이라고. 그저 그 시간이 때마침 찾아온 것이라고.

"그냥 오늘은 혼자 있고 싶어."

사람들이 모이기 전에 떠나야 했다. 여전히 의아해하는 티보에게 간단한 눈인사를 건네고 서둘러 발걸음을 옮겼다. 등 뒤에서 티보는 소리쳤다.

"너 오늘 검은색이구나?"

뒤를 돌아보자 티보는 웃으며 말을 이어갔다.

"그래 보여서. 너무 울적해하지 마. 내일이면 신년이잖아."

이제 신년이구나. 콧잔등에서 흐른 땀방울이 입술을 스쳐 비릿한 맛이 났다. 순례길의 도착지인 '산티아고 데 콤포스텔라'까지 5일 남은 시점에서 그녀와 떨어진다는 것은 헤어짐을 의미했다. 익숙한 일이 아니던가. 누군가를 좋아하고 지켜보다 혼자 끝내는 것이. 수많은 삶의 장면 중 하나라고. 단지 나는 그중 하나를 추억이란 서랍에 옮겨 담은 것뿐이라고. 마을을 벗어나자 허망하게 길게 뻗은 4차선 도로가 산을 따라 끝도 없이 펼쳐졌다. 해가 지는 곳을 향해 걸어갔다.

깜깜한 숙소 안을 더듬어 불을 켜자 수십 개의 침대가 차례대로 모습을 드러냈다. 시릴 정도로 차가운 공기에 부르르 몸을 떨었다. 다시 혼자가 되었다. 친숙한 감정이었다. 누군가 함께한다는 것이 때론 불편했다. 이해받는 것도 이해하는 것도 쉽지 않은 일이었다. 누군가를 신경 쓴다는 것은 평범했던 하루를 포기한다는 뜻이기도 했다. 작은 손짓 하나에도 서운함을 느끼고, 흘리듯 뱉은 말 한마디는 가슴에 남아 온종일 나를 뒤흔들었다. 사랑하는 일은 축복받아야 마땅하지만 동시에 두려운 일이었다.

'야, 너 어디야?'

2층 침대에 걸어놓은 축축한 옷가지에선 옅은 세제 향이 났다. 그녀의 메시지를 보자 작은 환희를 느꼈지만 '모두에게 싱

낭한 누나잖아.'라는 생각에 기쁨은 곧 사그라들었다. 답장을 해야 할지 한참을 고민했다. 자신의 감정을 두 눈으로 똑똑히 바라본다는 것은 그것을 드러내는 것만큼이나 어려운 일이었다. 담담하게 나를 보여줄 것인지 아니면 힘겹게 변명을 쌓아올릴 것인지 망설임 끝에 차분히 답장했다.

'저 다른 마을이에요. 애들은 다 모였어요?'

'뭐야…… 너, 나랑 12월 마지막 날 같이 보내기로 약속했잖아.'

그렉은 만났냐고 묻고 싶었다. 아니, 그보다 내게 왜 연락을 했냐고 묻고 싶었다. 아무도 없는 숙소에 누워 작은 액정만을 바라본 채 이러지도 저러지도 못하는 나를 누군가 조소 어린 눈빛으로 보고 있는 것 같았다.

'미안해요. 저도 그리고 싶었는데 오늘은 그냥 혼자 있고 싶었어요. 한국에서 꼭 다시 뵈어요.'

'아쉽네……. 어쩔 수 없지 뭐. 그럼 내일 바로 출발할 거야?'

그렉의 갑작스러운 고백은 나도 어서 결정을 내려야 한다는 독촉처럼 느껴졌다. 나조차도 내 마음을 잘 알지 못했기에 길을 걷는 내내 그녀가 먼저 다가와주길 내심 바랐다. 바라기만 하면 안 된다는 것을, 행동을 해야 무언가 일어난다는 것을 알고 있었지만 그녀도 그렉과 같은 마음일 거라는 추측 때문에 주저할 수밖에 없었다.

그녀가 그렉을 마음에 두고 있다는 추측은 무척 자연스러웠지만 그녀가 내게 호감이 있다는 짐작은 쉽사리 들지 않았다. 아마 나란 사람은 매번 나에게만 야박했기 때문일지도 모르겠다. 그녀에 대한 정돈되지 않은 호감은 그녀의 상냥함을 독차지하고 싶은 욕심을 동반했다. 모두에게 상냥했던 그녀 곁에서 몇 걸음 물러섰다. '모두'에 속할 바에는 '아무도'에 철저하게 나를 숨기고 싶었다. 유치한 욕심이 채워지지 않았을 때 호감은 외면이란 명찰을 찼다. 내 안에 그 사람이 있었던 만큼, 그 사람을 밀어내야 했다.

'네. 콤포스텔라 도착하고 바로 피스테라(Fisterra) 가게요.'

'아…… 이제 나랑은 못 보겠네. 몸조심하고 한국에서 보자.'

물 끓는 소리가 들렸다. 파스타 면을 한 주먹 쥐어 냄비에 넣었다. 배낭에 있는 재료를 모아 프라이팬에 볶았다. 1인분의 파스타와 오렌지 주스 한 컵. 아무도 없는 숙소는 무서우리만큼 적적했다. 핸드폰을 만지작거리며 소파에 누워 눈을 감았다. 눈을 뜬 채론 마음이 향하는 곳을 보지 못한다. 온 신경을 다해 벽을 짚으며 출구를 찾듯 어둠에 갇힌 나는 이제야 마음을 더듬거린다. 물감을 잔뜩 터트려놓은 것처럼 노랗게 물든 들판,

고개를 들면 스칠 것 같은 하늘, 밝게 인사하는 여유로운 사람들. 보이는 것이라곤 온통 아름다움뿐인 이 길에서 나는 조금씩 그녀를 배우듯 알아갔다.

한참을 걷다 그늘이 보이면 우린 배낭을 내려놓았다. 내가 땀을 닦고 있으면 그녀는 다가와 쓱 물병을 건넸다. 나무 위에 앉은 새 지저귀는 소리가 적막 속에서 유난히 크게 들릴 때면 누가 먼저랄 것도 없이 말을 꺼냈다. 그 이야기들은 상대가 나를 이렇게 생각해줬으면 하고 고민하여 고른 이야기가 아닌 질서 없이 튀어나온 어린아이의 순수한 어리광과도 같았다. 그것은 마치 자신에게 다정하게 건네는 이야기였다.

마지막으로 그녀와 함께 길을 걸었던 날. 눈발은 바람에 이리저리 휘날렸고 우린 고개를 푹 숙인 채 걸었다. 갑자기 추워진 날씨 탓에 몸을 덜덜 떨며 잠시 쉴 곳을 찾았다. 그녀는 저기가 좋겠다며 지붕이 있는 벤치를 가리켰고 우린 종종걸음으로 달려가 머리에 수북이 쌓인 눈을 털어냈다.

"하늘에서 내리는 건 다 좋더라."

그녀는 벤치 너머에 쌓인 눈을 보며 말했다. 마치 백색 도화지를 두른 것 같은 풍경이었다. 코를 대고 킁킁거리면 눈이 뿜어내는 향기를 맡을 수 있을 것 같았다. 꽁꽁 얼어버린 초콜릿을 간신히 두 동강 내 그녀에게 건넸다.

"왜요?"

그녀는 초콜릿을 입안에 넣고 우물우물 녹이기 시작했다.

"그냥. 이 세상 게 아닌 것 같아. 잠깐 빌려왔다고 해야 하나. 그래서 보고 있으면 기분이 좋아. 맞다, 홋카이도 가봤어? 거기는 정말 온통 눈뿐이야. 뽀드득 눈 밟는 소리밖에 안 들려. 1학년 겨울방학 때 갔었는데 그게 내 첫 번째 여행이었어."

초콜릿 특유의 텁텁함이 입안에 남았다. 그제야 손에 온기가 돌았다. 두 손을 점퍼에 푹 찔러놓고 그녀 옆에 앉았다. 사람 한 명이 겨우 들어갈 공간을 두고 그녀를 쳐다보았다.

"어땠어요?"

"여행 가면 괜히 들뜬 기분 알지? 첫날은 그랬어. 식당에 들어가도 '우와', 전철을 타러 가도 '우와', 일본 글씨만 보이면 다 사진 찍었어. 그런데 3일이 지나니까 엄청 외롭더라. 말도 하고 싶고. 같이 밥도 먹고 싶고. 그렇게 이뻤던 눈이 무서웠어. 하루 종일 우울하게 보내다가 사람들을 만나고 싶어서 처음으로 호스텔에 갔는데 거기서 그 사람을……."

"그 사람이요?"

두 번째 초콜릿 봉지를 뜯다가 그녀의 말을 가로챘다. 뜨거운 무언가가 몸을 휘젓는 기분이었다.

"응. 첫사랑. 첫 여행지에서 첫사랑을 만났어. 영화 같지?"

"아…… 정말 영화 같아요."

나는 말끝을 흐리며 초콜릿 봉지를 마저 뜯고 한 조각을 그녀에게 건넸다. 신발 위에 떨어진 눈은 살포시 앉자마자 흔적도 없이 사라졌다. 신발에 남은 물기를 털어내기 위해 이리저리 발을 흔들었다.

"그때 나는 그게 운명이라고 생각했어. 처음으로 여행을 갔는데 처음으로 사랑에 빠졌다고 상상해봐. 너도 그럴 것 같지 않아?"

"누구라도 그럴 거예요, 아마."

"첫눈에 반했어. 나한테 다가오더니 '한국 사람이에요?'라고 묻더라고. 한국 라면도 같이 나눠먹고 산책도 하고. 금방 친해졌어. 말도 잘 통하고 듬직해서 '아, 이 사람이구나.'라고 생각했지."

"그래서 어떻게 됐어요?"

"한국에 와서 처음 몇 달은 정말 행복했어. 매일 그 사람을 만났어. 만나면 홋카이도 얘기하고 다음엔 어디 가자고 미래도 꿈꾸고. 계속 여행하는 기분이더라."

아직 넘기지 않은 초콜릿 조각이 혀 밑에 끈적하게 녹았다. 누군가를 바라보는 그녀를 떠올렸다. 익숙한 미소였지만 그 미소는 나를 향하지 않았다. 그리고 홀연히 내 안에서 사라졌다. 그녀는 신중히 말을 고르는 듯 입술을 조금 내밀고 생각에 잠 겼다.

"그런데 여행과 일상은 달랐어. 처음엔 사소한 일로 다투기 시작해서 점점 그 횟수가 늘어나고 다시 화해하기까지 시간도 오래 걸리더라. 여행의 분위기에 취해서 그땐 그 사람의 진짜 모습을 몰랐던 거야."

그녀와 나는 말없이 먼 곳을 응시했다. 같은 곳을 보고 있었 는지는 모르겠다. 그저 초점을 둘 어딘가가 필요했다. 내리는 눈 사이로 희끗하게 해가 보였다. 아니, 달이었던가.

"싸우고 화해하기를 반복하다가 결국 헤어졌어. 그때 진짜 많이 울었는데."

그녀는 손을 호호 불더니 일어서며 말했다. 일어서는 그녀를 그저 물끄러미 쳐다보았다.

"가만히 있으니까 춥다. 이제 가자."

"그런 일이 있어서 그렇게 여행지 로맨스를 싫어하셨구나."

나는 배낭을 고쳐 메며 심드렁한 척 말했다. 일렁임을 감추 기 위해 억지로 기지개를 켰다.

"응. 그런 셈이지. 여행하다 만난 사람과 헤어지면 문제가 뭔 지 알아? 그 사람을 잊음과 동시에 그 여행의 추억도 다 잊어야

해. 나는 여행이 좋아. 일상에 지쳤을 때마다 이국적인 풍경에
둘러싸여 아무 걱정 없이 누워 있던 그때를 생각하거든. 근데
이별을 하면 그때의 기억도 추잡해져. 내 기억을 내가 함부로
떠올리지 못하는 건 싫어."

점점 눈발이 약해지더니 어느덧 해가 떠올랐다. 달이 아니고
해였구나. 뿌연 눈안개가 사라지자 나무들의 윤곽이 서서히 보
였고 메말랐던 시멘트 땅은 촉촉이 젖어갔다. 하늘을 배회하
는 눈송이는 햇살에 비춰 별처럼 반짝였다.

"누나, 제가 누나 좋아하는 거 알죠?"

"뜬금없이 뭐야. 그거 고백이니? 너 지금 순례길도 망칠 셈이야?"

그녀는 능청스럽게 답하며 내 팔을 툭 쳤다.

"아아, 아니에요. 그냥 좋은 사람 같아서요. 오랫동안 알고 지
내고 싶어요."

그녀는 찡긋 웃어 보이고는 코끝에 묻은 눈을 닦았다. "날씨
가 갑자기 좋아졌네."라며 작은 개울을 폴짝 뛰어넘는 그녀를
따라나섰다. 고개를 돌린 그녀는 "스페인에서는 새해 카운트다
운을 하면서 포도알을 하나씩 먹는대. 신기하지 않니?"라고 내
눈을 보며 말했다. 그리고 외국에서 보내는 한 해의 마지막 날
이 얼마나 기대되는지에 대해 이어갔다. 그런 그녀를 보며 미소
를 지었다. 눈은 어느새 녹아 대지에 스며들었다. 생애 처음 땅

에 닿아 영문도 모른 채 사라지는 눈을 생각했다.

파스타는 통통하게 불어 있었다. 휑한 숙소의 찬 공기가 빠르게 파스타를 식혔다. 접시에서 피어오르던 김도 사라졌다. 한 문장을 썼다가 지우길 수차례 반복하다 결국 파스타를 다 먹을 때까지 답장을 보내지 못했다. 어느덧 분침이 45분을 가리켰다. 이제 새로운 해가 떠오른다. 12월의 마지막, 그리고 1월의 시작과는 상관없다는 듯 마을은 평온했다. 한국에서 우리가 다시 만난다면 무슨 얘기를 나눌지 떠올렸다.

술기운이 올라 '그때 누나한테 호감 있었어요.'라고 용기 없는 자의 비겁한 고백이 나올까. 기억 저 구석으로 오늘을 억지로 밀쳐내고 아무 일도 없다는 듯 얘기를 나눌까. 시침이 분주하게 움직였다. 고요했던 마을 곳곳에서 작은 함성 소리가 들려왔다. 숨죽이며 창밖을 바라보았다. 어디선가 드문드문 비쳐오는 불빛에 흐릿하게나마 산골짜기가 보였다. 12월의 마지막날이 가고 1월의 첫날이 되었다.

'이제 새해네요. 누나, 제가 좋아하는 거 알죠?'

그녀에게서 답장이 왔다.

'나도 너 좋아하는 거 알지?'

혼자가 아니라고 말해주고 싶었어

그녀는 다채롭게 차려진 음식을 하나씩 맛보며 일행과 12월의 마지막 날을 기념하고 있었다. 티비에서는 리포터가 사람들이 잔뜩 모인 광장에서 인터뷰를 하고 있었고 사방에서 들뜬 고함과 스페인어가 섞여 들려왔다.

1년의 마지막, 그리고 1년의 첫날은 어디나 똑같은 것 같았다. 그녀는 맥주 한 병을 손에 쥐고 열띤 토론을 벌이듯 얘기를 나누는 일행을 하나씩 바라보았고, 멀리 떨어져 앉은 그렉과 눈이 마주쳤다. 그렉은 어색하게 그녀의 눈길을 피했다.

그녀가 마을에 도착했을 때, 이미 깜깜한 밤이었다. 양손 가득 먹을거리를 들고 있는 일행과 마주쳤고 그녀를 알아본 그렉이 뛰어나왔다. 그녀는 오랜만에 만난 그렉을 보고 반갑게 인사했다. 그동안 어떻게 지냈냐고. 선물 고마웠다고. 그렉은 그녀의 넘치는 포옹이 그간 그가 길에 남겼던 흔적에 대한 확실한 답변이라고 생각했다.

우리네 사랑이 '우리 사귀자.'라는 단단한 문장에 기초한다면 그의 사랑은 연인에게만 보일 수 있는 농밀한 미소에서 출발하였다. 그렉은 이내 연인들이 나눌 법한 다정함으로 그녀를 대했고, 그녀는 무언가 잘못되었음을 깨달았다. 그동안 어떻게 모를 수가 있었냐며 일행은 그녀를 타박했다. 그렉이 언니한테 호감이 있는 거, 언니 빼고 다 알고 있었다는 말을 듣고 곰곰이 되짚어보았다.

그녀에게 사랑은 연속된 선이었다. 광기 어린 손놀림으로 만든 천재 화가의 작품이 아니라 골방에 앉아 묵묵히 선을 그리는 어린 견습생의 낡을 노트를 볼 때 그녀는 사랑을 느꼈다. 눈을 감았을 때 어렴풋이 그 사람의 잔상이 눈에 걸리는 것처럼, 그 사람이 반찬을 먼저 먹는지 밥을 먼저 먹는지 아는 것처럼 그녀에겐 순간의 찬란함보다 지긋한 시간이 더 중요했다.

이름의 철자도 제대로 모르는 그렉의 급작스러운 고백을 받자 그녀는 온몸에 힘이 빠졌다. 처음 만난 남녀는 누군가가 누군가를 좋아해야 끝이 나는 걸까. 선의는 항상 목적을 숨거둔

것일까. 그저 사람과 사람으로 친하게 지낼 수는 없는 것인지.

그녀는 한시도 옆에서 떨어지지 않으려는 그렉을 바라보았다. 의도치 않게 상처를 준 것 같아 미안했지만, 그녀는 그렉에게 오해가 있었던 것 같다고. 그저 친한 친구로 여긴다고 말했다. 그렉은 어색한 웃음을 띠며 말해줘서 고맙다고 답했다.

새해가 얼마 남지 않았다. 일행은 와인을 들고 무사히 순례길을 마치자며 건배했다. 다양한 언어가 쏟아져 나왔고, 여기저기에서 떠드는 소리에 티비 속 리포터는 입만 뻥긋거리고 있었다. 사람은 결국 사람들 속에서 행복해지는 것이구나. 그녀는 주위에 앉은 사람들의 얼굴을 하나씩 살펴보았다. 들뜬 모습들을 보니 가슴이 뭉클해지는 것 같았다.

사실 산티아고 순례길에 오르기까지 그녀는 꽤 힘들었다. 3년간 일했던 직장을 그만두고 배낭을 챙겨 유럽행 비행기를 탔다. 쉼 없이 달려온 그녀에게 멈춤이 필요한 시기였다. 여행을 하며 깨달음을 얻어야겠다 싶어 꽤나 비장한 마음으로 비행기에 올랐지만 대단한 가르침은 없었다. 다만 그녀는 건물 틈에 피어난 들풀을 보고 아름답다고 느낄 수 있는 시간을 경험했다. '느낀다'라는 감정은 오래간만이었다.

처음 걷는 골목에서 길을 헤맸다. 기억을 더듬어왔던 길을 돌아갔다. 갈 때는 보지 못 했던 건물과 건물 사이에 매달린 빨랫줄과 창가에 놓인 작은 화분을 돌아오는 길에 하나씩 눈여겨보았다. 갈 때는 삭막한 골목이었는데 돌아올 때는 사람이 사는 정다운 곳이었다. 산다는 건 생각보다 재밌는 일이라고 피식 웃었다. 길에서 마주친 아이는 그녀를 보고 쑥스러운 듯 미소 지었다.

아이의 미소를 보고 방긋 웃는 일이 얼마만이었을까. 천천히 주위를 둘러보자 내면은 은은하게 퍼지는 기쁨으로 물들었다. 지나가던 할아버지에게 도움을 받고 간신히 길을 찾았다. 할아버지가 그린 삐뚤빼뚤한 지도를 손에 쥐고 그녀는 자신이 여태 놓쳐왔던 작은 것들을 되돌아봤다. 여행과 삶은 분명 다르겠지만, 이곳의 삶에도 그만한 힘듦이 있겠지만 그 삶이 참을 수 없도록 궁금했다. 유럽에서 3개월이 지났고 그녀는 한국으로 돌아왔다.

한국에서 일상은 말 그대로 힘에 부쳤다. 공항에 도착하자마자 고향에 왔다는 기쁨을 누리기도 전에 다음 주면 방값을 내야 한다는 사실이 먼저 떠올랐다. 당장 수중에는 한 푼도 없었다. 일을 해야 했지만 예전의 삶으로 돌아간다는 것은 이제 걸음마를 배운 그녀를 누군가가 있는 힘껏 밀쳐버리는 것처럼 느껴졌다. 자신의 시간을 찾기 위해 떠났던 여행이었다. 3개월 간 낯선 곳을 떠돌며 처음으로 '나'에 대해 알게 되었다.

하고 싶은 일들이 생겼고, 앞으로 살고 싶은 삶의 그림을 그려보았다. 더 이상 시간에 끌려 다니고 싶지 않았기에 내린 결정이었는데, 아무것도 해보지 않은 채 손가락 사이를 빠져나가는 모래알을 구경만 하듯 무기력하게 서 있고 싶지 않았다. 몇 주간 집 밖을 나가지 않았다. 구직 사이트를 노트북에 띄운 채 하루 종일 모니터만 바라보았다.

구체적인 계획은 없었지만 뭐라도 하지 않으면 무너질 것 같았다. 아직 밀린 방값을 내지 못한 그녀는 문밖에서 사람 소리가 나면 불을 끄고 숨을 죽였다. 티비에서 많이 보던 장면이라고 그녀는 쓴웃음을 지었다. 온종일 기분이 우울했던 날이면 머리를 감고 화장을 했다. 그렇게라도 초라함을 떨쳐내고 싶었다. 타인과의 비교에서 나온 초라함이 아니라 거울 앞에 선 자신을 보며 느낀 초라함이었다. 만나자는 지인들의 연락을 받았다. 더는 거절할 수 없을 만큼 약속을 미뤘을 때, 용기 내어 지인들에게 말했다. 돈이 없어 만날 수 없다고.

관계라는 건 생각보다 허술했다. 사이좋게 나무 블록을 하나씩 쌓아 탑을 만들었다고 생각했다. 절대 무너지지 않을 것 같은 탑은 겉보기에도 빈틈이 없다. 하나를 뽑아도, 두 개를 뽑아도 흔들리지 않았던 탑. 하지만 탑은 흔들리기 시작했고, '설마 무슨 일이 있겠어'라며 블록을 뽑자 무너졌다. 친하긴 하지만 있는 것을 내어주고 싶진 않고, 알고 지내고 싶긴 하지만 희생을 감수하긴 싫고. 커피 한 잔 마실 여유가 없어지자 관계는 처량해졌다. '그럼 그냥 집에 있어. 다음에 만나자.'라는 지인들의 답장을 한참 동안 들여다보았다.

그녀는 그동안 무엇을 놓치고 살았는지 되돌아보았다. 세상과 이어진 가는 끈들이 모두 끊어진 것 같았지만 한편으로는 개운한 마음이 들었다. 어쩔 수 없이 가지고 있던 불필요한 것들, 살기 위해 지었던 미소와 관계를 위해 뱉었던 괜찮다는 말. 그 모든 것들이 사라졌을 때, 그녀는 그들에게 '괜찮아.'라고 말했다. 그 괜찮음이 자신의 상처를 애써 가린 계산된 언어가 아니라 자신을 위한 돌봄의 언어가 되었을 때, 곁을 지키고 있던 사람들이 보였다.

친구들은 그렇게나 힘들었으면서 왜 진작 말하지 않았냐고 그녀에게 화를 냈다. 당장 집에서 나오라는 그들의 답장을 보자 이제야 삶을 되찾은 것 같았다. 한국으로 돌아와 그녀를 괴롭혔던 마음의 병도 우습게 사라졌다.

그 병은 아마 혼자라는 외로움을 먹고 자랐을 것이다. 아무도 내 편이 없다는 절망이 그녀를 좁은 방에서 나오지 못하게 잡고 있었다. 쥐고 있던 것을 모두 버리고 난 뒤 그녀는 떳떳하게 거울 앞에 설 수 있었다. 그녀의 친구들은 돈을 모아 그녀에게 스페인행 비행기 티켓을 선물했다.

네가 보고 싶은 것들을 보고 와. 그리고 우리에게 얘기해 줘. 그녀는 혼자 순례길에 올랐지만 누군가와 함께 있는, 곻이 간직하고 싶은 기분이 들었다. 이 길에서 만난 그 누구도 외롭게 하지 않겠다고 친구들에게 말했다.

그녀는 마을에 내가 없다는 사실을 전해 듣고 왠지 모르게 힘이 빠졌다. 그 서운함이 가시기도 전에 내가 다음 마을에 혼자 있다는 말에 어릴 적 책상 아래 이불을 덮어 만들었던 비밀 기지에 함께 들어간 것 같은 동질감을 느꼈다. 왜 스스로 혼자가 되려고 한 걸까. 그녀는 내 곁에 있어주고 싶다는 마음이 들었지만 단지 순례길을 함께 걷고 있는 인연이라 그런 것인지, 아니면 오직 나에 대한 것인지는 알 수 없었다. 맞은편에 앉은 티보는 그녀의 와인잔을 채워주며 말했다.

"정말 좋은 날이야."

그녀는 와인을 한 모금 마셨다.

"그러네."

"동하는 어디에 있는지 알아?"

티보가 능숙한 솜씨로 자신의 잔에 와인을 채우며 말했다. 와인 한 방울이 병을 타고 미끄러지듯 떨어졌다.

"앞마을에 있다고 하던데."

"아까 봤는데 기분이 안 좋아 보이더라고."

"만났어?"

"응. 동하는 검은색이었어."

그녀는 무슨 말이냐는 듯 티보를 쳐다보았고, 티보는 알 수 없는 미소를 띠며 자리에서 일어서 창문을 향했다.

"아마 저기쯤 있겠지?"

티보의 손가락을 따라 창밖을 내다보았다. 온통 사람 소리뿐이었던 이곳과 달리 창밖은 고요했다. 저 멀리서 희끗한 점이 빛났다. 누군가 티비의 볼륨을 높였다. "이제 시작하나 봐!"라고 말하고 조용히 해달라는 뜻으로 검지를 입에 댔다. 그녀는 내게 메시지를 보냈다. 산티아고 순례길의 12월 31일에는 어떤 일도 일어날 수 있다고 생각했다. 누군가 너를 생각하고 있다고. 그러니 혼자가 아니라고 말해주고 싶었다.

손을 내밀어야 할 때

신년의 순례길은 한산했다. 허름해 보이는 카페엔 에스프레소를 마시며 신문을 읽고 있는 백발의 노인과, 어둡게 그림자가 진 입구와는 대조적으로 햇살을 받고 있는 빈 테이블들만 있었다. 커피를 주문하고 바에 기대어 카페를 둘러보자 노인은 나에게 말을 걸었다. 아마 신년 인사일 터였다. 나는 방긋 웃어 화답했다. 혼자 걷기 시작하자 잃어버렸던 리듬을 되찾을 수 있었다.

반나절을 말없이 걷고 숙소에 도착했다. 간단하게 저녁을 먹고 마을을 한 바퀴 돌았다. 노을이 서서히 하늘을 빼앗는 장면을 넋 놓고 바라보며 환희에 잠겼을 때의 순간을 기록했다. 샤워를 하고 침대에 누워 책을 읽다가 두 눈이 서서히 감길 때 안경을 벗었다. 긴 여행도 끝이 보였다. 그 끝을 마무리하기 위해 그간의 여행을 되짚으며 하루를 보냈다.

콤포스텔라에 다가갈수록 잘못 뜯은 테이프가 끈적이며 달라붙듯 마음은 엉켜갔고 대성당 앞에 섰을 때의 감격과 허무를 예습하는 듯 발걸음은 무거워졌다. 엄숙한 하루에 그녀가 들어올 틈은 없었다. 하루 이틀이 지나자 그녀도 내 마음속에서 서서히 자리를 잃어가기 시작했다. 그저 스쳐가는 감정이었다고, 그녀가 말한 대로 여행지가 주는 설렘에 취했던 것이라고 확신했다. 사랑에 몸이 묶이면 중심을 잃는다. 안 되는데 하면서도 기우뚱 넘어질 수밖에 없는 것은 옴짝달싹 못하는 두 발이 앞서가는 마음을 따라잡지 못해서일 테다. 마지막 날짜가 1월 1일로 찍힌 그녀와의 대화를 읽었다.

'요새 별일 없어요?'라는 평범한 인사말조차도 목전에 두고 머뭇거릴 때, 나는 갈피를 못 잡고 허둥대는 두 발을 생각했다. 감정에 마침표를 찍어 그녀에게 보여주지 않는다면 오랫동안 그녀 곁에서 있을 수 있다. 하지만 한 발 더 나아간다면 낡은 흔들다리를 건너듯 위태롭게 다음 발을 디뎌야 한다. 손을 잡고 서로에게 의지하며 생을 나누는 사이가 되거나 자칫 잘못하면 낭떠러지 아래로 떨어질 수 있는, 그래서 두 번 다시 그 사람을 보지 못하는 관계가 되어버린다. 대개 그런 상황에서 우리를 그 아래로 미는 것은 자신이다. 그렇기 때문에 다음 디딜 발은 신중할 수밖에 없었다.

처음 보는 순례자들과 인사를 나누고 배정받은 침대를 찾았다. 옆 침대를 쓰고 있던 스페인 친구가 혹시 문을 연 식당을 알고 있냐고 물었다. 신년이라 대부분의 상점과 식당이 문을 닫은 것 같았다. 모르겠다며 고개를 젓자 그는 먹을 것이 있냐고 조심스레 말하며 몸을 내 쪽으로 기울였다. 배낭에서 꺼낸 반쯤 남은 바게트를 주자 그 자리에서 허겁지겁 먹어치웠다. 해가 지자 배고픔을 잊기 위해 꿈으로 도망치듯 그는 일찍 잠에 들었다. 코 고는 소리가 간간이 들려오는 숙소를 거닐었다.

홀로 우주를 부유하는 기분이 들었다. 이곳도 저곳도 아닌 그 어디를 표류하고 있었다. 그때 탁자 위에 올려두었던 핸드폰에서 진동이 울렸다. 사진 한 장이 도착했고 여러 장의 사진이 뒤따랐다. 내 뒷모습을 담은 사진들이었다. 커다란 배낭을 메고 길을 걷는 모습, 마을을 앞두고 숨을 돌리며 서 있는 모습, 고개를 숙인 채 땀을 닦는 모습. 그녀는 이렇게 나를 보고 있었구나.

"잊기 전에 전해주려고. 새해 첫날은 잘 보냈어?"

머릿속에서 생생하게 그녀의 목소리가 울렸다. 사진을 보며 그날들을 천천히 돌이켜보았다. 잊고 있었던 그 장면들로 순식간에 파고들었다. 이제는 흐릿한 잔상이 되어 잡음 섞인 오래된 노래를 듣는 것 같았지만 그녀와 얘기를 나눴던 순간, 장난스레 나를 밀었던 그때, 하얀 이를 드러내고 웃음 지었던 그 장면은 색을 잃지 않고 또렷이 떠올랐다.

우린 차분하지만 조금은 격렬하게 대화를 이어갔다. 그녀는 1월 1일을 어떻게 보냈는지부터 시작해 그간 무슨 일들이 있었는지 수줍게 터놓았다. 내가 지나왔던, 그녀가 지금 머물고 있는 마을에 대해 말하면서 공감하기도 때론 '그런 곳도 있었어?'라며 놀라기도 했다. 그녀를 마지막으로 본 지 며칠이 지났다. 그간 일렁였던 감정도 어느 정도 정리가 되었다. 그때, 내가 폭풍우 몰아치던 거친 바다 위를 항해하고 있었다면 오늘의 나는 잔잔한 호숫가를 바라보며 고즈넉한 저녁의 냄새를 맡고 있었다. 편안한 마음에 시시콜콜한 얘기까지 하게 되었고, 결국 새벽녘까지 메시지를 주고받았다. 우리는 메시지 앞에 '1'이 사라지기도 전에 답장을 보내며 지금 자면 안 된다고 서툴게 떼를 쓰고 있던 것 같았다.

대화는 장난스러웠지만 자못 진지했고, 한 글자 한 글자 공들여 쓴 것 같았지만 한낱 장난에 불과했다. 내 모든 것을 말해도 될 것 같은 사람, 그 모든 것을 이해해줄 것 같은 사람. 애정이 깊어갈수록 한 발짝 물러서고, 그 사람이 소중해질수록 조심스러워지는 나는 사랑을 받는 것도, 사랑을 하는 것도 두려워하는 인간이었다.

손을 덥석 잡아주지 않으면 손조차 내밀지 못했기에 어쩔 줄 몰라 허공을 휘젓는 손을 주머니 속으로 넣었다. 열정에 휩싸여 누군가를 간절히 원하는 일은 먼 미래의 일이라고 생각했다. 지금의 행복을 유보하는 것은 습관이 되었다. 그래서 뜨겁지 못한 나는 온기가 있는 척하는 내 모습을 보고 매번 만족했을지도 모르겠다.

부드럽게 나를 감싸주는 노을도 공기의 밀도 차에 의해 생긴 단순한 현상이라는 사실을 알면 무미건조해지듯, 이성이 자리 잡은 단어에는 낭만이 없었다. 풀숲에 누운 우리를 상상했다. 수백 광년 떨어진 우주에서 빛을 뿜어내는 별을 보고 별자리에 얽힌 신화를 들려주며 서로를 어루만졌다.

끊임없이 반짝이는 별을 황홀하게 느낄 때 사랑한다고 말했다. 하지만 저 빛도 단지 몇 백 년 전 별의 잔상임을 이해할 때 그 사랑도 끝이 났다. 우리가 처음 길을 걸었던 날 하늘 위에 떠 있던 해와 달을 떠올렸다. 이제는 그 하늘을 이해할 수 있게 되었다.

내가 남겨둔 과거의 조각

그녀는 그날 일행과 맥주 한잔을 마시며 기타 공연을 구경했다. 숙소에 비치된 낡은 기타를 들고 누군가 노래를 불렀다. 거대한 샹들리에 아래로 순례자들이 모이기 시작했고 접시를 닦던 주인아저씨도 의자에 앉아 눈을 감았다. 공연이 끝나자 통나무로 만든 테이블에 앉아 콤포스텔라에 가면 무엇을 할지 얘기를 나눴다. 한식을 만들어 먹자고, 다 같이 뷔페에 가자고, 마치 그 음식이 눈앞에 있는 것처럼 모두들 먹고 싶은 것을 한 가지씩 기대에 차 말했다. 그러다 그녀는 문득 내가 생각났다.

이 길에서 만난 인연이 소중했기에 제대로 된 작별인사를 하지 못하고 보낸 것이 미안했다. 일행에게 먼저 자러 가겠다고 한 뒤 그녀는 침대에 누워 사진을 보냈다. 그녀만의 작별인사였다. 어두컴컴한 숙소에서 오직 그녀만 작은 화면을 바라보며 킥킥대며 숨죽여 웃기도, 눈에 힘줘 집중하기도 했다. 그렇게 새벽녘까지 대화는 계속되었다.

밤 열한 시만 되면 눈이 스르르 감기는 그녀에겐 대단히 이례적인 일이었다. 이제 자야겠다고, 남은 여행 마무리 잘하라는 메시지를 받았을 때는 아쉬움을 느끼기도 했다. 이 길이 끝나도 우린 이렇게 웃으며 얘기를 나눌 수 있을까. 그녀는 이불을 끌어모았다. 따뜻한 기운이 목 끝에서부터 기분 좋게 퍼졌다. 그날은 잠이 오지 않아 몇 번이고 몸을 뒤척였다. 숙소를 둘러보자 모두가 곤히 잠든 이곳이 외롭게 느껴졌다. 체취가 빠져나간 빈방에 우두커니 서 있는 것 같았다.

다음 날 아침이 되자 모두가 분주히 배낭을 정리하고 있었다. 평소보다 늦게 일어난 그녀는 머리를 감기 위해 서둘러 샤워실로 향했다. 아침 식사를 하고 있는지 어디선가 고소한 빵냄새가 났다. 출발하기 전에 토스트를 먹어야겠다고 생각했다.

"언니, 왜 이렇게 늦게 일어났어?"

문 앞에서 마주친 동생은 큰일이라도 난 것처럼 미간을 잔뜩 모으고 걱정하듯 말했다. 그럴 만도 한 것이 늘 먼저 일어나 곤히 자고 있는 동생을 깨우고, 배낭을 챙긴 뒤 함께 아침 식사를 하는 것이 그녀의 일상이었기 때문이다. '젤리'라는 별명을 가진 동생을 만난 것은 순례길을 걷기 시작한 지 이틀이 지나서였다. 그녀가 옷가지를 한 아름 안고 세탁기 주변을 서성거리자 "이렇게 하면 돼요."라며 젤리는 능숙하게 설정을 골랐다. "저 있던 곳에서도 똑같은 세탁기 썼거든요." 영국에서 어학 공부를 하다 방학을 맞이해 순례길에 온 젤리는 그녀를 잘 따랐고, 그녀도 마음을 터놓을 수 있는 친구가 생긴 것 같아 젤리와 함께 길을 걸었다.

"이제 생리하나 봐. 몸이 피곤해."

그녀는 하품을 하며 말했고 젤리는 기다렸다는 듯 "아까 티보랑 애들한테 들었는데 돌아오는 일요일이 콤포스텔라 대성당 기념일이래. 그래서 엄청 크게 미사를 연대."라고 말하며 모락모락 김이 나는 커피를 한 모금 마셨다. 순례길에 오기 전, 콤포스텔라 대성당에서 열리는 미사에 대해 써놓은 블로그를 읽었다. 순례자라면 꼭 한 번 참석해봐야 하는 곳이라고 했다. 관심은 없었지만 몇 십 년에 한 번 있는 기념행사라고 하니 시간을 내서라도 가봐야겠다고 생각했다. "그래? 콤포스텔라에 도착하면 같이 가자."라고 말하고 대화를 마치려는데 젤리가 물었다.

"맞다, 언니 어제 누구랑 그렇게 카톡 했던 거야?"

잠이 덜 깬 그녀는 "으응?"이라고 갈라진 목소리로 답했고 "어젯밤에 늦게까지 카톡 하던데?"라는 말을 들은 순간 내가 떠올랐다. 그녀는 당황한 모습을 감추기 위해 짧게 하품을 하며 아는 친구라고 얼버무렸다.

"무슨 얘기를 했길래 그렇게 웃었어? 언니는 그 사람이랑 결혼해야겠다."

젤리는 깔깔거리며 말을 이었다.

"그렇게 행복하게 웃는 거 처음 봤어. 그 친구랑 있으면 언니 매일 행복할 거 같아."

그녀는 우리가 한 침대에 눕는 것을 떠올려보았다. 그러곤 불결한 생각이라도 한 듯 이내 머릿속에서 지워버렸다. "그게 무슨 소리야. 그냥 친구야 친구."라며 강조하며 침착하게 웃었다. 하지만 여느 때와 다르게 불규칙적으로 뛰는 심장이 만든 파동에 몸이 움찔거렸다. 준비를 다 마친 젤리는 등산 스틱을 땅바닥에 탕탕 내리쳤다. 조임이 헐거웠는지 스틱의 끝부분은 손의 움직임에 따라 오르내렸다. 젤리는 스틱을 꽉 조이며 그녀에게 언제 출발할 거냐고 물었다.

그녀는 그날따라 혼자 걷고 싶었다. 젤리를 먼저 보내고 숙소 1층에 있던 카페에 앉아 커피를 주문했다. 불쑥 찾아온 나를 숨기려 노래를 듣기도, 친구들과 전화 통화를 하기도 했지만, 숨기려고 하면 할수록 나에 대한 생각은 뚜렷해졌다.

　그녀는 골짜기에 있던 작은 마을을 떠올렸다. 아마 그녀와 내가 처음으로 같이 걸었던 날이었을 것이다. 종일 먹은 거라곤 바게트 하나였기에 마을 어귀부터 샅샅이 식당을 찾았던 날이었다. 구멍가게 하나 열지 않았던 마을엔 판자를 덮어 만든 숙소 한 곳뿐이었고 하는 수 없이 숙소에서 제공하는 '순례자 메뉴'를 주문했다. 10유로(약 13,000원)에 수프와 메인 요리 그리고 와인 한 잔이 제공되는 메뉴로 비싼 감이 있었지만 배고픈 순례자들에겐 안성맞춤이었다. 식당에 들어서자 일찌감치 숙소에 도착했던 일행이 있었고 다리를 절뚝이는 그녀를 반겨주었다.

　"하루 쉬신다더니 금방 오셨네요."

　그녀는 웃음으로 답했다. 건너편에 앉아 있던 일행 중 한 명은 "아직 몸이 적응하지 못했는지 어깨가 아프네요."라며 원을 그리듯 어깨를 돌렸다. 그녀는 "하루 쉬었는데도 걸을 때 무릎이 좀 아파요."라며 얼굴을 살짝 찡그렸다. 허기 때문인지 대화는 금세 멈췄다.

　그녀를 빤히 보고 있는 것 같은 장식용 사슴의 눈빛을 피해 식당 안에 비치된 책들을 살피며 허기를 잠시 잊었다. 잠시 뒤

주인아주머니는 향긋한 향의 수프가 가득 담긴 은제 대접을 식탁 위에 올려놓았다. 하얀 드레싱을 뿌린 샐러드와 큰 접시에 담긴 파에야도 식탁을 채웠다. 식당 안에 감칠맛 나는 조미료 향이 떠다니는 것 같았다.

음식이 나오자마자 너나 할 것 없이 허겁지겁 배를 채우기 시작했다. 하루 종일 굶고 걸었으니 허기는 상상할 수 없을 만큼 컸다.

"그런데 티보랑 그렉은 어디 있어요?"

요란한 칼질 소리만 들리던 식당에서 누군가 입을 열었다. 그녀는 고개를 들었고 멀뚱멀뚱 그녀를 쳐다보던 나와 눈이 마주쳤다. 그녀는 수프용 국자를 대접에 내려놓았다.

"아까 로비에 있던 거 같은데?"

그녀는 로비로 향하는 나의 뒷모습을 바라보았다. 그리고 식당에 오기 전, 로비에 마련된 작은 책상에 앉아 있던 티보와 그렉에게 식사하러 안 가냐고 물었던 것이 기억났다. 그들은 고개를 저으며 배가 고프지 않다고 말했다. 분명 거짓말이었다. 부르고스에서 이 마을까지 단 한 곳도 문을 연 식당이 없었기에 식사를 했을 리 없었다.

충분한 여행 자금을 들고 온 한국 사람들과 달리 유럽 친구들은 빠듯한 예산으로 하루를 버텼다. 그래서인지 그들은 숙박비의 두 배나 되는 돈을 지불하고 '순례자 메뉴'를 주문하는 일이 좀처럼 없었다. 통조림과 빵 몇 조각을 책상에 펼쳐두고 어떻게 나눌지 고민하는 그들을 보니 안타까운 마음이 들었으나 주제넘은 일인 것 같아 신경 쓰지 않았다.

그녀가 수프 한 접시를 비우고 파에야를 맛볼 때쯤 내가 돌아왔다. 분명 그들로부터 같은 대답을 듣고 왔으리라 짐작했다. 자리에 앉아 무언가 골똘히 고민하는 나를 보자 무슨 생각을 하고 있는지 호기심이 생겼다.

"이 수프 우리끼리 먹어도 남을 거 같은데, 혹시 티보랑 그렉 불러도 될까요?"

한눈에 봐도 5명이 애피타이저로 먹을 양은 아니었다. 일행은 서로를 번갈아 쳐다보곤 상관없다는 듯 고개를 끄덕였다. 그녀는 그때 자신이 무엇을 놓쳤는지 깨달았다. 못 이기듯 식당에 들어온 티보와 그렉은 양손에 접시를 하나씩 들고 멋쩍게 웃으며 자리에 앉았고, 주인아주머니는 어수선한 상황을 정리하려는 듯 말을 꺼냈다.

"사실, 이런 전례가 없어 고민했는데 여러분도 동의를 했고 이 한국인 친구가 적극적으로 부탁을 했기에 예외를 두기로 했어요. 부족하면 더 드릴 테니 양 걱정은 하지 말고 저녁 식사를 하시면 돼요."

그제야 상황을 이해한 일행은 박수를 쳤다. 머리를 긁적이며 고개를 살짝 숙인 나는 수프를 한 접시 담았다. 사람을 외롭게 두지 않는 사람이구나. 그녀는 그런 생각을 했다. 누구든 곁으로 끌어오는 사람, 손을 비벼 온기를 만드는 나를 상상했다. 티보와 그렉은 돈을 내지도 않고 저녁 식사에 낀 것이 미안한지 눈치를 살폈다. 그런 그들을 위해 그녀는 음식 접시를 그들 앞으로 내어놓으며 환영한다고 편안하게 식사를 하라고 웃음을 지었다.

　우린 곧 화기애애하게 대화를 나눴고, 주인아주머니가 내주신 음식들을 싹싹 비움으로써 관대함에 대한 고마움을 전했다. 티보와 그렉은 식사를 마치자 빈 접시들을 모아 주방으로 향했다. 밥값은 해야 한다며 과장된 몸짓으로 테이블을 정리했고 일행은 좋은 자세라며 엄지를 치켜세웠다. 티보와 그렉의 어깨를 번갈아 두드리고 있는 나의 뒷모습에 그녀는 문득 등을 맞대고 싶다고 생각했다. 어쩌면 잘 맞아 들어갈 것 같았다. 그녀는 층계를 오르는 나를 괜히 툭툭 건드렸다. 화들짝 놀라 뒤를 돌아보는 내게 말했다.

　"너도 그래?"

　그녀는 고개를 갸우뚱하는 나를 뒤로하고 숙소로 들어섰다. 오랫동안 그녀가 찾고 있던 무언가를 찾은 것 같았다.

우리는 상대의 현재를 보고 사랑에 빠진다고 생각한다. 그래서 '나도 모르게'라는 말을 자주 사용하지만 종종 사랑은 자신이 남겨놓은 과거의 조각에서 비롯되기도 한다. 반쪽짜리 조각에 곱게 맞춰진 조각을 볼 때, 나는 너를 사랑할 것이라고 말한다. 식사를 마치고 숙소로 돌아오자 적당히 데워진 공기에 몸이 녹는 것 같았다.

침대에 누운 그녀는 일기장을 펼쳤다. '오늘은 무슨 일이 있었지?' 천천히 하루를 되감듯 차근차근 짚어갔다. '오늘은 그 친구랑 같이 길을 걸었지. 이상하게 신경이 쓰이는 친구야.' 아침에 뜬 해와 달을 보며 찍었던 사진, 길에서 주고받던 대화, 식당에서의 일. 생각을 거듭하자 이름 모를 감정이 일었다. 그럴 때면 그녀는 글을 썼다. 펜을 들고 한 자 한 자 적어가는 불편함을 감수하고서라도 종이 위에 감정을 적자 어렴풋이 느낄 수 있었다. 그 친구를 더 알고 싶다고. 2층 침대에서 고개를 내민 내가 뭐 하고 있냐고 물었다. "사실대로 말하면 놀랄 텐데."라고 그녀는 생각했다.

그녀가 온다

거대한 콤포스텔라 대성당 앞에 섰을 때, 일어나야 할 일이 일어난 것처럼 후련했다. 자연스럽게 배낭을 땅에 내려놓았다. 7개월 동안 길을 걸으며 매일같이 떠올렸던 장면이었다. 수도 없이 상상했던 그 장면을 두 눈으로 직접 확인하자 웃음부터 터져 나왔다. 이게 뭐라고 나는 그렇게 걸었던 걸까. 기다림이 컸던 만큼 공허함도 거대했다. 감당할 수 없는 허무함에 그저 길바닥에 눕는 일밖에 달리 할 수 있는 일이 없었다.

관광객 틈을 비집고 다니며 오랜만에 '관광'을 했다. 카페에 앉아 지나가는 사람들을 구경하기도 하고 바(bar)에 들어가 맥주를 주문하고 몇 시간이고 글을 쓰기도 했다. 시간은 좀처럼 흘러가지 않았고 목표를 잃은 하루는 지루하기만 했다. 저녁이 가까워졌을 때쯤, 콤포스텔라 대성당 앞에 자리를 잡았다. 북적거리는 시내와 달리 한산했던 그곳은 내가 있어야 할 장소 같았다.

대성당에서 멀찌감치 떨어진 곳에 앉아 도착하는 순례자들을 바라보았다. 그들은 자신만의 방식으로 마지막을 기념했다. 숨을 헉헉거리며 성당 앞에 서서 하염없이 성당을 올려다본다거나, 감상에 잠기거나, 눈물을 흘리거나, 실없이 웃거나. 그들은 각자의 짐을 지고 길을 걸었고 그들만의 방법으로 콤포스텔라 대성당을 맞이했다.

며칠 뒤면 그녀도 이곳에 도착할 것이다. 그녀는 어떻게 마지막을 받아들일까. 분명 소리 없이 눈물을 흘릴 것이다. 그녀는 그런 사람이기 때문이다. 시간 가는 줄 모르고 다른 이들의 마지막을 구경하다 보니 어느덧 밤이 되었다. 숙소에는 이미 많은 사람들이 있었다. 내가 걸었던 '프랑스 길' 말고도 유럽 전역에 핏줄처럼 이어진 다른 순례길을 걸었던 사람들이 온 것이었다. 그들은 자신이 걸어왔던 길에 대해 얘기를 나눴다. 그리고 그 길을 다시 한 번 음미했다.

'산티아고 데 콤포스텔라'는 다양한 분위기를 가진 도시이다. 성 야곱의 무덤이 있는 곳으로도 유명해 순례자가 아닌 일반 여행객도 많이 찾는 관광지이다. '순례길'을 걸어온 순례자와 여행 중인 관광객 그리고 이곳에 살고 있는 주민까지 다양한 사람들이 한자리에 있다. 시내를 돌아다니다 보면 큰 배낭을 멘 허름한 차림의 사람들을 자주 볼 수 있다. 몇 날 며칠이고 이곳을 떠돌고 있는 그들은 나처럼 '순례길'을 걸었던 순례자이다.

그들이 말하길 자신들은 이 도시에 '갇혔다'라고 표현한다. 긴 길을 걸어 완주했음에도 아직도 털어내지 못한 짐 때문에 떠나지 못 한 채 발이 묶인 것이다. 그렇기 때문에 이곳은 보통 관광지에서 느낄 수 있는 생동감 넘치는 분위기보단 울적하고 어깨가 처지는 정서가 도시를 지배하고 있다. 하루에도 수십 명의 순례자가 이곳에 왔고, 이곳을 떠났다. 그래서 누군가의 기쁨을, 또 누군가의 슬픔을 여과 없이 느껴야 했다.

한 순례자는 자신이 가르치던 학생이 자살을 했다. 중증 장애를 앓고 있던 학생은 말릴 새도 없이 난간에서 뛰어내렸다. 벗어날 수 없는 죄책감에 자살까지 시도했던 그는 삶을 포기한 채 떠돌아다녔다. 자신을 철저히 무너트리지 않고서는 아이의 환영을 지울 수 없었다. 스스로를 용서하기 위해서, 누군가에게 용서받기 위해서 그는 이스라엘에서부터 이곳까지 무작정 걷기 시작했다. 이야기를 마친 그는 대성당을 향해 조용히 기도하고 짐을 챙겨 또다시 어디론가 향했다. 그가 입고 있던 남

루한 바람막이와 조금 삐뚤어진 안경에서 그의 여정을 조금이
나마 짐작할 수 있었다.

　인생에서 어느 한 단락이 마무리되었다는 허무함은 정체 모
를 두려움이 되었다. 무언가에 쫓기듯 밖으로 나가 발길이 닿
는 대로 걸어갔다. 좁은 골목엔 기념품을 파는 상점들이 있었
다. 입구에 가지런히 진열된 흑백 사진엽서를 둘러보았다. 몇
십 년 전 콤포스텔라의 모습이었다. 엽서를 두어 장 골라 무거
운 발걸음으로 숙소로 향했다. 거리를 걷는 내내 멍했다. 밤을
꼴딱 새우고 분별없는 아침을 맞이하는 기분이었다.

　이곳에 계속 있다간 갇혀버릴 것만 같았다. 엽서에 편지를
적기 시작했다. 며칠 뒤면 내가 있는 이 숙소에 도착할 그녀에
게 보내는 마지막 인사였다. 용기가 없었다고. 그래도 덕분에
사랑을 배웠다고. 그래서 다시 만나면 그때는 용기를 내겠다고.
내일 곧장 짐을 싸 스페인의 최서단, '피스테라'로 가기로 했다.
지도를 보니 도착까지 3일 정도가 걸렸다. 긴 3일이 될 것 같았
다. 당장이라도 떠날 수 있게 배낭을 싸 가지런히 침대 곁에 두
고 차분한 마음으로 잠자리에 들었다. 그때 그녀에게서 연락이
왔다. 핸드폰 화면에 불이 켜짐과 동시에 어두웠던 침실이 잠시
환해졌다. 어둠에 적응되었던 두 눈은 반사적으로 찌푸려졌고

손을 뻗어 더듬더듬 핸드폰을 집었다.

'동하야, 도착했지? 정말 고생했어.'

고요했던 호숫가에 물결이 출렁이기 시작했다. 그녀의 잔상이 떠올랐다. 답장을 하기 위해 안경을 썼지만 손도 까딱할 수 없을 만큼 피로가 몰려왔다. 힘겹게 한 글자 한 글자 적다 이내 곯아떨어지고 말았다. 핸드폰을 손에 쥔 채 잠에 빠졌다.

순례자 숙소의 아침은 언제나 도착하는 이와 떠나는 이로 북적였다. 간단하게 토스트를 먹고 나갈 채비를 하다 그녀에게 답장을 쓰다가 잠들었다는 것이 생각났다. 그녀에게 대성당을 본 소감을 간단하게 요약해 전해주고는 덤덤하게 산티아고 데 콤포스텔라에서만 느낄 수 있는 특유의 분위기를 말했다. 그리고 이곳에 붙잡히지 않도록 조심하라고 일러두었다. 그녀는 어서 자신도 가고 싶다며 열띤 대화를 이어갔다.

'그럼 오늘 거기 가면 너 만날 수 있어?'

조용했던 아침을 깨는 한마디였다. 누군가 책을 떨어트렸는지 둔탁한 소리가 들렸다. 사람들로 북적이는 식당에 경미한 소음은 금세 사라졌다. 벽난로 옆에 반듯이 세워둔 배낭을 보았다. 그녀는 내가 있는 곳에서 60킬로미터 떨어진 마을에 있었다. 그녀의 걸음걸이로 봤을 때 '산티아고 데 콤포스텔라'까지는 3일 정도가 걸릴 터였다. 쉽사리 대답할 수 없었다.

'오늘 콤포스텔라까지 오시게요?'

'응. 오늘 가보려고. 이제 마지막이잖아.'

장난을 치는가 싶어 여러 번 되물었지만 그녀는 이미 결정을 내린 것 같았다. 배터리가 없으니 숙소에서 보자는 말과 함께 대화는 끝이 났다. 그녀가 오늘 이곳에 온다. 서랍을 뒤적거리다 우연히 발견한 옛 일기장을 펴본 기분이었다. 넋을 놓고 의자에 앉았다.

그녀는 왜 오는 걸까. 60킬로미터나 되는 길을, 족히 열두 시간은 걸어야 하는 거리를 무리해서 오는 이유가 뭘까.

그렇게까지 해서 오는 이유가 뭐냐는 물음에 마지막이니 좀 더 자신을 몰아붙이고 싶다고 답했다. 평온했던 호숫가는 금세 비바람이 몰아치는 바다로 바뀌었다. 혹시나 나 때문인가 하는 생각이 스치듯 떠올랐다. 그러면서도 '말이 되는 소리를 해.'라고 스스로를 진정시켰다.

때론 기대가 상처보다 두려웠다.

숙소에 있자니 아무것도 손에 잡히지 않아 시내를 둘러보러 가는 무리에 껴 밖으로 나갔다. 햇살이 쏟아졌다. 손바닥으로 하늘을 가리며 시내로 향했다.

그곳에 가야 하는 이유

그녀는 왜 가야 하는지 정확한 이유를 알지 못했다. 연기처럼 흩어져 있는 막연한 느낌에 몸을 맡겼지만, 기분이 나쁘지만은 않았다. 직감적으로 나를 다시 보지 못할 것임을 느꼈다. 삶에는 종종 지금 당장이 아니면 안 되는 것들이 있다. 시간이 지나면 색이 바래는, 그때를 떠올리며 후회를 하는 일들이 있었다. 그녀는 나와 마주 앉아 지금 느끼는 감정들이 무엇인지 알고 싶었다. 단지 지나가는 것인지, 아니면 더 머무는 것인지. 우리는 같은 마음인지.

먼 길을 걸어온 그녀를 보고 내가 어떤 미소를 지을지. 우리가 앞으로 많은 날을 함께 살아갈 수 있을지. 그녀는 확인해야 할 것들이 있었다. 그것은 오늘이어야만 했다. 해가 지기 시작했고, 저녁을 준비하던 일행은 신발을 다시 고쳐 매는 그녀를 보고 미친 짓이라고 만류했다. 불빛 한 점 없는 산을 넘어 자정이 다 되어서야 산티아고 데 콤포스텔라에 도착할 것이라고. 뭐가 그리 급하냐고. 그녀는 그들의 걱정을 뒤로한 채 밤을 뚫고 산길에 올랐다.

산은 생각보다 빨리 어두워졌다. 호기 있게 디뎠던 발걸음엔 공포가 서렸다. 그녀도 모르게 떨고 있는 다리를 산속의 포식자에게 들키지 않으려는 듯 쉬지 않고 걸었다. 얼마 가지 못해 핸드폰 배터리가 다 되었고, 간신히 보이는 나무 형상을 더듬어 가며 한 걸음 한 걸음 앞으로 나아갔다. 종종 앙상하게 뻗친 나뭇가지를 보고 흠칫 놀라기도 했다. 그럴 때마다 머리끝부터 기분 나쁜 전율이 퍼졌다. 어둠 속에서 노란 화살표를 찾기 위해 눈이 적응할 때까지 기다려야 했고 그녀의 발걸음은 느려졌다.

초대받지 못한 손님이라도 된 듯 숨소리마저도 조용히 뱉었다. 음산한 바람 소리 가득한 산속을 걷는 일은 그동안 겪어보지 못했던 차원의 일이었다. 밤이 빽빽하게 차자 산은 괴기한 울음소리를 내기 시작했다. 잠시 쉬려고 앉아 있다가도 어디선가 나뭇잎 밟히는 소리라도 들리면 다시 걸었다. 모든 감각은 극도로 예민해졌기에 뿌연 어둠 사이로 불분명한 움직임을 보았을 때, 그녀는 그것이 자신의 공포가 만들어낸 착

각인지 아니면 실존하는 위협인지 판단할 수 없었다.

등산 스틱을 꽉 쥐고 조심스레 다가갔다. 재빠르게 소리를 지를 수 있도록 기도에 힘을 잔뜩 주었다. 그녀의 시야에 그 물체가 들어오자 다리에 힘이 풀리는 것 같았다. 나부끼는 커다란 깃발 앞에 한참을 앉아 있었다.

영하의 날씨에도 땀은 비 오듯 쏟아지고 눈썹을 타고 들어간 땀방울은 눈에 맺혀 따끔거렸다. 상황이 절박해질수록 그곳을 가야 하는 이유는 명확해졌다. 만나야 할 사람이 있어서. 그래서 그녀는 쉬지 않고 걸었다. 빛이 보였을 때, 참았던 숨을 힘껏 내쉬었다. 새벽 한 시, 그녀는 산티아고 데 콤포스텔라에 도착했다.

바에서 술을 마시고 있던 나는 그녀가 도착했다는 소식을 듣고 허겁지겁 숙소로 향했다. 그 길을 걸어왔다니. 얼이 빠진 것처럼 아무 생각 없이 달렸다. 맥주 몇 잔의 취기 때문이었을까. 나를 지나쳐가는 인파들이 영화 속 한 장면처럼 흐릿하게 보였다. 조금만 있으면 그녀를 만날 수 있다는 사실만으로도 그 순간은 영화 같았다. 숙소 앞에 도착해 숨을 골랐다. 산티아고 표시가 새겨진 작은 돌멩이를 만지작거렸다. '지금 이 안에 있는 그녀가 그토록 기다렸던 그 사람일까.'라는 생각이 불현듯 들었다. 단지 나의 상상이었다면 영화의 결말은 어떻게 끝이 날까.

　존재하는 것들은 불확실을 안고 살아간다. 자존심 때문에, 용기 때문에 혹은 아픔 때문에 저마다 대본에 쓰여 있는 대사와는 다른 말을 하곤 한다. 그러고는 애드리브였다며, 즉흥적으로 생각해낸 것이라며 배시시 웃어넘긴다. 대본대로 말했다면 엔딩이 달라졌을까. 모든 것은 불확실하기에 뒤돌아 후회하는 자신에게 그것이 최선이었다고 다독인다. 늘 엑스트라였던 내 삶에 스포트라이트가 비칠까. 문고리를 잡고 힘껏 밀었다. 다가오는 결말을 위한 마지막 컷이 딱 소리와 함께 울려 퍼졌다.

장작이 다 타들어가도록 우리는

산티아고 순례길의 마지막은 대성당에서 열리는 미사에 참석하는 것이라고 모두들 입을 모아 말한다. 공중에서 그네를 타듯 선을 그리는 거대한 향로를 보고 있으면 묵직한 돌덩이에 다리가 묶인 것처럼 꼼짝없이 그 자리에 있을 수밖에 없다. 이 끝에서 저 끝으로, 그리고 그 반동으로 다시 이 끝으로 오는 향로에서 퍼지는 연기는 곧 사라진다. 그리고 향로를 따라온 잔상은 아지랑이처럼 피어난다.

누군가 말한다. 이게 끝이 아니라고. 그러니 허망해하지 말라고. 어차피 사는 게 다 순례길을 걷는 것 아니겠냐고. 그저 삶이란 거대한 그림에서 아주 작은 퍼즐 조각이 채워진 것뿐이라고. 아침이 되자 그녀를 끝으로 한자리에 모인 일행은 미사에 참석하기 위해 대성당을 향했다. 아침 일찍 떠나기로 했던 나는 지금이 아니면 언제 보겠냐며 같이 미사를 보자는 일행의 청에 그리고 그녀의 권유에, 배낭을 잠시 내려놓고 성당에 들어섰다.

기다란 복도 끝엔 긴 머리를 내려트린 사내가 아이를 안고 있는 동상이 있었고, 일정한 간격으로 양 벽에 붙어 있는 반달형 창문을 통해 들어오는 햇살은 복도를 환희 비추고 있었다. 기침도 참아야 하는 엄숙한 분위기였다. 성당 안은 하나둘씩 사람들로 채워졌고 순례자들도 향로가 잘 보이는 자리를 차지했다. 그녀는 잔뜩 긴장한 채 두리번거리고 있었다. 나는 선뜻 다가가지 못하고 차가운 돌기둥에 기대어 그녀의 뒷모습을 바라보았다.

어젯밤 우리는 식탁에 둘러앉아 그간 못 했던 이야기를 나눴다. 그녀는 60킬로미터가 넘는 길을 걷는 게 얼마나 힘든 일인지 손짓을 해가며 설명했고, 분명히 간다고 했는데 기다리지 않고 뭐했냐며 내 멱살을 잡는 시늉을 하기도 했다. 옷깃에 스치는 그녀의 손에선 마른 흙냄새가 났다. 땀에 젖은 몇 가닥 머리카락이 나풀거렸다. 와락 포옹이라도 할 줄 알았건만 의자에 앉아 숨을 고르는 그녀를 보았을 땐 그저 "진짜 왔어요?"라며 어정쩡하게 떨어져 앉는 것 말고는 모호한 거리감을 좁힐 수 없었다.

빨갛게 상기됐던 그녀의 볼이 다시 연한 살굿빛으로 돌아올 때쯤 마지막까지 테이블을 지키던 일행은 내일 보자며 잠자리로 갔고, 테이블엔 우리 둘만 남았다. 고요했던 숙소 로비엔 장작 타들어가는 소리만 들려왔다. 벽난로 위에 있던 괘종시계는 분주히 추를 흔들고 있었다. 침묵을 깬 것은 그녀였다.

"이제 피스테라로 갈 거야?"

"네. 누나는요?"

"나는 여기서 좀 쉬어야지……."

한국에서 종종 만나자고, 그녀는 희미한 미소를 띠며 말했다. 그렉에 대해 묻고 싶었다. 그렉은 잘 만났냐고. 하지만 이제 그게 다 무슨 소용이람. 내일이 되면 다 잊힐 것이라고. 조소에 가까운 웃음을 몰래 지었다. 그녀의 눈을 응시하며 말했다.

"이제 한국에 가면 뭐 할 거예요?"

"일해야지. 너는?"

"모르겠어요. 뭐든 하겠죠."

"가서도 우리 볼 수 있겠지?"

그녀는 턱을 괴었던 손을 풀어 테이블 위에 내려놓았다. 손이라도 잡으며 '우리 매일 볼까요?'라고 해야 했을까. 새하얀 눈을 한 움큼 집은 것처럼 두 손은 촉각조차 느껴지지 않았다.

"글쎄요. 바쁘지 않을까요?"

"그래도 보자."라고 말하며 그녀는 고개를 돌려 괘종시계를 보았다. 시간은 나 따위 안중에도 없다는 듯 쉬지 않고 흘러갔다. 우리는 지나왔던 길에 대해 각자가 가졌던 감상을 나눴다. 그 마을은 정말 예뻤다는 둥 강아지를 데리고 가던 순례자를 만났냐는 둥. 아마 각자가 하고 싶었던 말은 따로 있었을 것이다. 애석하게도 현실은 영화나 드라마 따위처럼 반짝하고 엔딩 크레딧이 올라가지 않았다. 불확실함을 가득 안은 채 엔딩을 향해 애처롭게 달려가야 했다.

장작이 다 타들어가도록 우리는 대본에도 없던 말을 뱉었다. 그녀는 자러 가야겠다고 자리에서 일어섰고 쭈뼛거리며 그녀를 뒤따랐다. 절뚝거리며 걸어가는 그녀의 뒷모습을 보니 그녀가 여태 걸어왔다는 사실이 불현듯 머리를 스쳤다. 형편없는 사람이구나 나. 다시 봐서 좋았다고, 내일 보자며 그녀는 방문을 열었다. 닫히는 문틈으로 그녀의 미소가 설핏 보였다. 불이 꺼진 복도에 한참을 가만히 서 있었다.

하얀 옷을 입은 사제들은 미사 준비를 마쳤다. 거대한 은색 향로는 성당 중앙에 배치되었고, 어수선했던 순례자들도 조용히 향로를 응시하였다. 그녀와 얼굴을 가까이 맞대고 서로의 숨소리를 느끼는 날이 올까. 아니면 '아, 그땐 그런 일도 있었시.'

라고 밤거리를 걷다 문득 생각나는 사람이 될까. 막연히 바라 왔던 일이 막상 손에 닿았을 때 낯익지 않은 촉감에 기쁨보다 두려움을 먼저 느낀다. 사랑이 익숙하지 않아 그녀를 바라보는 것이 두려웠다. 가슴 언저리를 누르는 애틋함은 모든 것을 뒤집 을 만큼 무거웠다. 그 무거움을 피해 도망치고 싶었다.

거대한 향로는 육중한 움직임으로 성당을 가로질렀고 탄성 이 여기저기서 터져 나왔다. 사람들 사이에서 고개 돌린 그녀 의 옆모습이 보였다. 좀 더 가까이 있었다면 작은 보조개가 보 였을 텐데. 성당 가득 노랫소리가 울려 퍼졌다. 귓가에서 요동 치는 오르간 소리를 외면하듯 성당을 빠져나왔다. 등 뒤로 철 제 문이 닫히자 저 세계와 단절된 듯 고요한 광장엔 비둘기 떼 가 모이를 먹고 있었다. 맑게 갠 하늘은 더없이 평화로웠다. 심 호흡을 하고 광장 옆에 난 샛길을 따라 피스테라로 향했다. 우 리가 다시 만난다면, 그때가 되면 우리는 어디로 가야 할지 알 고 있겠지. 같은 곳을 바라봤으면 좋을 텐데. 노란 화살표가 바 다를 향하고 있었다.

연주자들은 노래를 부르기 시작했다. 고운 오르간 소리는 그녀의 가슴에 내려앉았다. 그녀는 옆에 앉은 젤리에게 가까 이 다가가 "정말 좋다."라고 하고 입구 쪽을 바라보았다. 아까

까지도 기둥 옆에 서 있던 내가 사라졌다는 것을 깨달았다. 주변을 둘러봐도 내가 없자 성당을 뛰쳐나왔다. 거리에서 만난 친구들에게 나를 보았냐고 물었지만, 모른다는 대답뿐이었다. 불안한 마음에 숙소로 달려갔다. 그녀는 곱게 접힌 이불을 보고 내가 떠났음을 알았다. 이제는 만날 수 없을 것이라는 생각이 그녀의 마음을 쿡쿡 찔렀다.

성당 앞에는 방금 도착한 순례자가 무릎을 꿇고 지난날을 회상하고 있었다. 노부부는 손을 잡고 벤치에 앉아 있었고, 거리의 악사는 부드러운 움직임으로 바이올린을 켜고 있었다. 위용을 자랑하듯 모습을 드러낸 햇살에 그녀는 반사적으로 눈을 감았다. 그리고 뜨거운 눈물이 볼을 타고 흘렀다. 성당 꼭대기에 앉아 있던 새들이 창공으로 날아오르자 그녀의 울음소리는 사방으로 흩어졌다.

이윽고 순례자들이 몰려왔다. 누군가는 그녀의 울음을 보고 순례길을 완주한 환희의 눈물이라고 생각했고, 미사를 마치고 나온 일행은 감동적인 미사였다며 함께 눈물을 흘리며 그녀를 안아주었다. 괜찮다고. 그동안 고생했다고. 그들의 품에 안긴 그녀는 울먹이며 말했다. 아니라고. 내가 말했어야 했다고. 이제 늦었다고. 그녀는 흐르는 눈물을 닦았다.

함께 살아갈 첫 번째 날

경사진 비탈길을 내려가다 돌부리에 걸려 넘어졌다. 배낭은 앞쪽으로 쏠렸고 중심을 잡기 위해 손바닥으로 아스팔트 바닥을 밀었다. 크고 작은 마름모꼴 상처에선 피가 흘렀다. 바지에 대고 툴툴 털어내자 손바닥이 쓰려왔지만 표정은 아무 변화가 없었다. 길을 나선 지 얼마 되지 않아 후회가 밀려왔다. 지금이라도 돌아갈까 몇 번이고 멈춰서 고민했지만 이제 돌이킬 수 없음을 알고 있었다. 피스테라로 가는 길에 있는 숙소들은 비수기에 접어들었는지 문을 연 곳이 없었다.

3일 밤을 간이 숙소에서 보냈다. 시멘트 냄새가 밤공기에 퍼질 때, 황량한 숙소 바닥에 누워 그녀와 나눴던 메시지를 몇 번이고 읽어보았다. 긴 여행의 마지막을 장식할 기념비적인 글도, 그간 여행을 회고하는 상념도 떠오르지 않았다. 그저 혼자라는 것이 외로웠다.

스크롤이 1월 1일을 지나칠 때쯤, 그녀로부터 메시지가 도착했다. 대화를 읽고 있었다는 사실을 들켜 부끄러웠지만 이제 될 대로 되라는 마음이 들었다. 지금 어디냐고 그녀가 물었고 조금은 뻔뻔하게 미사는 어땠냐고 되물었다. 그녀는 시시해서 중간에 나왔다고 했다. 그리고 한참을 뜸을 들이다 말을 이어 갔다. 내일 피스테라로 출발할 것이라고. 그러니 이번엔 기다리라고. '진짜 너 무정해. 너 때문에 오늘 고생했어.' 마음속 어딘가에서 애써 막은 거센 물줄기가 터져 나왔다.

우리는 많은 말을 나누진 않았지만, 샤워를 마치고 푹신푹신한 침대에 드러누운 것처럼 편안했다. 각자의 하루에 대해 이야기했다. 무엇을 했고, 어떤 것을 보았고, 무슨 생각을 했는지. 마치 비어버린 시간을 채워주려는 듯 커피 잔이 어떤 모양이었는지조차 놓치지 않으려고 노력했다. 공간을 초월해 가느다란 무언가가 그녀와 이어진 것 같았다. 모든 것이 불확실했지만 지금 이 순간만큼은 행복했다. 그것으로 충분했다. 밤은 가득 차고 우리는 따스했다.

피스테라는 작은 항구도시다. 산티아고 데 콤포스텔라가 공식적인 순례길의 도착지라면 피스테라는 미련이 남은 자들의 마지막 도시다. 빽빽한 풀숲이 끝나는 길에 바다가 펼쳐져 있었고, 그곳에서 그녀를 기다렸다. 파도는 거세게 다가와 흔적을 남기지 않고 고이 사라졌다. 그녀의 도착 시간이 다가올수록 안절부절못하고 바닷가를 거닐었다. 모래사장에 남긴 발자국을 파도가 삼키는 것을 지켜보았다. 그녀를 만나면 손을 잡아야 할까. 보고 싶었다고 말해야 하나.

저 멀리서 그녀가 나타나자 복잡했던 머릿속은 파도가 지나간 것처럼 곱게 펴졌다. 옅은 바다 내음이 곳곳에 퍼져 있는 피스테라에서 다시 만난 우린 차분했다. 조금만 몸을 기울이면 코가 닿을 것 같은 거리에서 서로를 바라보았다. 우리는 새로운 관계를 언어에 의지해 확인하는 것 대신 말없이 손을 잡았다.

그녀는 피식 웃었고, 곧 나는 다정하게 그녀를 껴안았다. 그녀의 보조개를 보았다. 이렇게 생겼었구나. 아주 오랜 시간을 고독 속에서 살았다고, 그 시간엔 네가 없었다고 그녀에게 말해주고 싶었다. 그녀는 "사실 너 때문에 미사 못 봤어."라고 웅얼거렸다. 나는 "다음에 같이 보러 가요."라고 말하며 손과 손 사이의 작은 감촉을 느꼈다. 우리의 발치까지 다가온 파도는 빨려가듯 다시 사라졌다. 우리가 살아갈 행복한 날들의 첫째 날이었다.

여행이 끝나면 삶은 시작된다

슬며시 기댄 어깨엔 찌릿한 감촉이 느껴졌다. 수평선으로 몸을 숨기는 태양을 보며 사랑한다고 서로에게 속삭이듯 말했다. 방금 전 연인이 된 커플은 첫 데이트에 무엇을 할까. 스페인의 서쪽 끝, 항구에서 서로의 마음을 확인한 우리는 대서양이 한눈에 보이는 피스테라 등대에 앉았다. 이제 막 연인이 된 남녀는 내가 이 사람을 사랑하는 것인지, 아니면 사귀게 되어 사랑한다고 느끼는 것인지 종종 혼란을 겪는다.

상대에게 호감이 생기면 다가선다. 서로의 마음을 확인하고 연인이 되면 손을 잡는다. 손을 잡고 포옹을 하고 키스를 한 뒤 둘만의 공간에서 몸을 섞는다. 때로는 키스를 먼저 하고 연인이 되기도, 땀을 닦고 거친 숨을 내쉬며 사랑한다고 말하기도 한다. 순간의 정열에 휩싸여 낯선 상대와 긴 밤을 보낼 순 있시만 다음 날 아침에 눈을 뜨며 수줍게 웃을 수 없는 것처럼 몸의 순서는 뒤죽박죽 섞어놓을 수 있지만 마음의 순서는 차곡차곡 상대를 쌓아 올린다. 그렇기 때문에 방금 서로의 마음을 확인한 남녀에게서 '연인'이라는 두 글자를 떼어놓으면 안 지 얼마 안 된 사람이 되기도 한다. 갑자기 달라진 상대에 대한 마음의 태도를 정하지 못해 손을 잡아도 손마디를 타고 오는 보드라운 질감을 느끼지 못하고, 포옹을 해도 상대의 품속에서 포근함이 배어 나오지 않는다.

보통의 연애는 데이트를 마치고 집으로 돌아감으로써 연애와 자신의 삶을 분리시킨다. 감정을 명명하고, 생각을 정리하고, 태도를 되돌아본다. 해가 떠 있는 동안 그 사람과 보냈던 시간을 해가 지면 홀로 침전시키며 조금씩 확신을 향해 다가가는 것이 보통의 연애다. 두 개인으로 살아왔던 우리가 사랑한다는 이유로 하나가 되었다. 그 과정은 순식간에 벌어진 일이기에 어떠한 준비도 되어 있지 않았다.

해가 지고 난 뒤에도 우리는 장을 보러 갔다. 저녁을 먹고 간단하게 산책을 하고는 불과 1미터 남짓 떨어진 각자의 침대에 누웠다. 연애와 삶의 경계가 무너졌다. 삐져나온 머리카락을 부드럽게 쓰다듬어 주던 낮의 우린 밤이 되자 데이트와 각자의 삶 그 사이에 어중간하게 발을 걸쳐놓았다. 서로에게 익숙하지 않은 앳된 연인에게 정적은 견딜 수 없는 불안이 된다. 우리가 사랑하고 있다는 것을 애달프게 증명이라도 하듯 쉬지 않고 대화를 이어갔다. 그리고 "잘 자."라는 말을 건넸을 때 모호한 피로감이 눈꺼풀을 당겼다.

낮과 밤의 불균형 사이에서 오는 부자연스러움이었다. 그렇게 헝클어진 머리와 눈곱이 낀 눈을 비비며 아침을 맞이했고, "잘 잤어?"란 말엔 밤새 입안에 고여 있던 아밀라아제 향을 의식한 어색함이 묻어났다. 언제나 함께한다는 것은 오랜 시간을 보낸 이들에겐 축복이지만 이제 막 상대방의 이름이 혀 위에 자리 잡기 시작한 이들에겐 또 다른 문제이기도 했다. 자신의 모습을 어디까지 보여줘야 하고 어디까지 감춰야 하는지. 그것에 대한 선택을 내리기도 전에 우리의 모습을 가감 없이 보여줘야만 했다.

그녀는 스스로의 속도로 나아가지 않으면 무너지는 사람이었다. 게다가 한 달간 걸었던 순례길을 마치고 길 위에서 동거동락했던 친구들에게 작별인사를 해야 하는 상황이라면 필시 와르르 무너질 터였다. 영화는 우리가 바닷가에서 재회함으로써 아름다운 엔딩으로 끝났다. 영사기에 돌아가는 필름 속 사진이 가장 황홀한 순간을 포착한다면 우리의 삶은 위태롭도록 쉬지 않고 움직였다.

피스테라에서 보낸 며칠은 우리에겐 초봄의 얼음판 위를 걷는 일이었다. 연이어 도착한 친구들은 등대에 모였고, 우리는 각자의 소지품을 태우며 순례길의 마지막을 고했다. 짙은 어둠 속에서 아찔하게 파도 소리만 들려왔고 모두들 말없이 타들어가는 속옷과 양말을 바라보았다.

피스테라는 날지 못해 가라앉는 것들이 모이는 곳이었다. 우리는 그곳을 떠나지 못해 서성였다. 손을 잡고 있는 우리를 본 그렉은 어색한 웃음을 지었다. 차라리 못되게 굴었다면 마음이 편했을 텐데, 그는 우리에게 다가와 정말 잘 어울린다며 언제나 행복하라고 말했다. 나는 "고마워."라며 눈을 피했다. 그렉은 그날 저녁 배낭을 챙겨 말없이 떠났다.

작별인사를 건네는 친구들과 슬픔을 나눴다. 그녀는 내게 슬프다고 말했다. 그녀와 함께한다는 기쁨이 친구들을 떠나보내는 슬픔보다 컸기에 내가 할 수 있는 말은 "나도 그래."라는 빈곤한 대답뿐이었다. 슬픔이 쌓일수록 그녀의 얼굴엔 표정이 사라져갔고, 내 자리는 건조한 단어들로 채워졌다. 상냥한 미소로 나를 보았던 그녀는 모두를 떠나보내자 울적하단 이유로 숙소에서 나오지 않았다.

하루가 다르게 변해가는 그녀를 옆에서 지켜보던 나는 그녀가 느낄 공허함을 채우기 위해 발버둥 쳤지만 그 채움이 나를 위한 것인지 그녀를 위한 것인지 알 수 없었다. 누군가를 사랑하는 마음이 자신으로부터 시작되듯, 그 끝을 알리는 것도 자신이었다. 한때 뜨거웠던 것이 식어가는 것을 막기엔 나는 너무도 미지근했다.

스페인에서의 마지막 밤이 되었다. 우리는 멀지도, 가깝지도 않은 거리를 두고 빈약한 대화를 이어갔다. 다음 날 그녀는 모로코로 갈 예정이었고, 뒤늦게 비행기를 예약한 나는 하루가 지나 그곳에 닿을 것이었다. "이제 순례길도 끝이네." 그녀의 눈치를 살피며 던진 말에 그녀는 "응. 그러네."라고 답했다.

괘념치 않는 듯 고개를 숙인 그녀를 보며 사랑의 지속성에 대해 생각했다. 관계는 단지 얼마나 서로를 사랑하고 있는가로 유지되지 않았다. 사랑이란 감정은 너무도 추상적이기에 우린 구체적인 언어를 가지고 서로의 마음과 교환했다. 사랑의 시작이 반짝하고 빛나는 불빛이라면 그것을 유지하는 연료는 감정을 드러내는 방식이었다. 끊임없이 대화를 하려고 했던 나와, 잠시 혼자의 시간을 가져야 했던 그녀는 힘없이 흔들리는 불꽃에 축축이 젖은 장작을 넣고 있는 꼴이었다.

"기분 좀 그래?"

그녀 곁에 다가가 물었다. 그녀는 미세한 표정의 변화도 없이 가이드북을 넘겼다. 책 속엔 터번을 두른 낯모기 닉다를 끌고 있었고, 등 뒤엔 작은 산처럼 사막이 펼쳐져 있었다.

"괜찮아. 신경 쓰지 마."

그 말은 나를 위한 말이 아니라 그녀 자신을 위한 말이었다. 눅눅해진 바게트를 입에 문 듯 부질없이 턱 근육을 움직였다.

"곧 나아질 거야."

그녀의 손을 잡으며 말했다. 닿은 것도, 떨어진 것도 아닌 그녀의 손가락은 애석하게 나의 손등 위를 훑었다.

"사랑을 막 시작할 때는 우리 둘만 보였는데, 막상 사랑을 하니까 다른 게 신경 쓰여. 이상하지? 그냥 둘이서 행복하게 지내면 되는데."

나는 말없이 고개를 끄덕였다. 그녀는 슬며시 손을 빼며 말을 이어갔다.

"어차피 서로 보여주고 싶은 모습만 보여주고 그 모습을 사랑하는 거잖아. 이게 내가 보여주고 싶지 않았던 내 모습이야. 나는 우울하면 우울한 거 다 드러내고, 기분이 좋으면 좋다고 팔짱을 껴. 사람들이 다 떠나니까 기분이 너무 이상해. 내 곁에 있는 사람, 내 편이라고 생각하는 사람 기분 일일이 신경 써주는 거 나는 잘 못해. 고쳐야 하는데 고쳐지지가 않네. 이게 그냥 나란 사람인가 봐."

길게 숨을 내쉬었다. 그녀는 의식적으로 내 눈을 피하는 것 같았다.

"미안해. 나 정말 못났어."

긴 침묵이 흘렀다. 대답을 해야 하는데 쉽사리 입이 움직이지 않았다.

"피곤하다. 내일 아침 비행기라 일찍 일어나야 해."

그녀는 고개를 들었다. 그 눈빛은 내 쪽을 보고 있었지만 나를 향하지 않고 있었다. 가이드북을 한 손에 쥐고 "내일 보자."라는 말과 함께 그녀는 층계를 올랐다. 그녀의 뒷모습에 대고 내가 건넨 어정쩡한 인사가 닿았는지 확인도 못한 채 숙소를 나섰다. 이곳에서 그녀를 만났고, 이곳에서 다시 그녀를 떠나보내야 하다니. 삼류 드라마의 비운의 주인공이 된 기분이 들었다.

이미 식어버린 누군가의 곁에 있어야 하는 일은 애절했다. 내 존재를 부정하는 눈빛과 마주해야 함은 1분 1초가 생생히 느껴질 정도로 괴로웠다.

애절함이 목 끝까지 채워지자 비참함으로 색을 바꾸었다. 나는 관계에서 엔딩이 무엇일지 짐작하는 버릇이 있었다. 새드 엔딩이라면 먼저 엔딩 크레딧을 올려버리는 못된 습관이었다. 상처 받고 싶지 않아서, 그렇게라도 나를 보호하고 싶어서 억지로 결말을 지었다. '예약 취소' 창에 손을 올렸다 뗐다를 반복했다. 현대의 편리함은 손가락 하나로 비행기를 취소할 수 있는

데까지 도달했다. 우리는 사물엔 편리함을, 사람에게는 복잡함을 요구한다. 우리의 관계도 클릭 한 번에 취소할 수 있다면 얼마나 비참한 삶일까.

다음 날 그녀는 말없이 떠났다. 내가 그랬던 것처럼 말이다. 휑한 그녀의 침대를 보고 있으니 점점 결말이 실감 나기 시작했다. 짐을 챙겨 천천히 공항으로 향했다. 우리의 만남이 거대한 두 우주의 충돌이라면 헤어짐은 그 충돌에서 튕겨나간 파편에 의지해 우주를 떠다니는 것이었다. 무색무취의 우주는 광활한 어둠이었다. 외로웠다. 그녀가 떠나고 내가 느낀 최초의 감정은 외로움이었다.

부빌 손이 없어 싸늘해진 두 손을 천천히 쥐었다. 우주에서 시간은 외롭고 더디게 흘러갔다. 거리에는 아직 떼어내지 못한 크리스마스 장식이 군데군데 붙어 있었고 가로등에선 은은한 주황 불빛이 퍼져 나왔다. 목도리를 두른 사람들은 분주히 어딘가로 향했다. 정각이 되자 어디선가에서 종소리가 울려 퍼졌다. 태연하게 흘러가는 것들이 미웠다. 나는 지금 무너지고 있는데 얄밉게도 세상은 달라진 것이 없었다.

우리만의 작은 우주

짙뿌연 안개 사이로 사막의 도시가 보였다. 고향 서울이 번듯한 빌딩이 높게 자리 잡은 회색의 도시라면 모로코의 수도 마라케시(Marrakesh)는 황토빛깔의 낮은 건물들이 아무렇게나 놓인, 서울과는 대조되는 도시였다. 공항에 도착하자 읽을 수조차 없는 아랍 문자들이 눈에 띄었다.

서둘러 와이파이를 잡았다. 먼저 도착한 그녀가 분명 메시지를 보냈을 것이었다. 문장의 개수로 상대방의 마음을 짐작하는 것만큼 어리석은 일도 없지만 막다른 길에 다다른 연인에겐 상대방이 보낸 단어의 수가 자신을 얼마만큼 생각해주고 있냐의 기준이 되기도 한다.

'숙소 도착했어. 말없이 가서 미안해.'

짤막한 메시지를 보자 비행기를 타고 오는 내내 했던 걱정이

현실이 되었다고 생각했다. 짐작했던 일이라 담담했지만 혹시나 했던 기대가 무너지는 것을 억지로 받아들인 탓에 가슴 한 구석이 아릿했다.

그녀가 감정 변화를 설명하며 기다리고 있다고, 만나서 얘기하자는 장문의 메시지가 있길 바랐다. 나를 매몰차게 외면하는 그녀를 상상했다. 여기까지 왜 왔냐는 듯 바라보는 그녀에게 무언가를 외쳐보지만 마치 음소거가 된 것처럼 입만 뻥긋거렸다. 공항에서 나오기가 무섭게 호객꾼들이 달라붙어 택시를 타라고 권유했고 나를 붙잡는 손에 이끌려 택시를 타고 시내로 향했다.

창밖에 스쳐가는 낯선 것들엔 아무 향기가 느껴지지 않았다. 풍경과 사람들이 내 안에서 지워져갔다. 사랑을 받지 못하고 있다는 사실은 내가 이 세상에서 쥐 죽은 듯 사라져도 상관없다는 말과도 같다. 사라지기 전 그녀에게 해야 할 말이 있었다.

단아한 제복을 입은 승무원이 다가와 이제 곧 착륙을 하니 창문 블라인드를 열어달라고 말했다. 그녀는 고개를 끄덕이고 블라인드를 올렸다. 환한 햇살과 저 아래 노란빛의 도시가 보였다. 그녀는 나를 생각했다. 얼굴을 떠올려보았고, 나눴던 대화를 짚어보았다.

피스테라에서의 재회는 꿈처럼 달콤했다. 같이 거닐던 바닷가는 청량했고, 카페에 마주 앉았을 때는 근심이란 것이 단 한 번도 존재하지 않았던 것처럼 시간은 안연하게 흘렀다. 각각의 장면은 아름다웠지만 그것이 한데 이어졌을 땐 무척이나 슬픈 이야기였다.

친구들과 대서양을 마주하고 있는 등대 아래서 옷가지를 모아 태웠다. 세상의 끝에서 다시 태어난다는 순례길의 전통이라고 티보가 말했다. 실없는 농담을 던지던 티보는 그날따라 말이 없었다. 주위를 둘러보자 모두들 무언가를 간신히 붙들고 있는 것 같았다. 생기가 없어진 눈빛은 우리가 걸었던 길이 끝났음을, 그 시간은 추억이 될 것임을 그래서 다시는 그 자리에 우리가 모일 날이 오지 않을 것임을 말해주고 있었다.

그녀는 그 순간 죄책감을 느꼈다. 모두들 버거운 이별을 각자의 방식으로 쓸어내는 지금, 나눌 수 없는 행복을 혼자만이 가지고 있는 것이 숨이 막혀오도록 먹먹했다. 이 길에서 만난 사람 모두 외롭지 않게 하리라 다짐했는데, 그 다짐이 산산조각 나는 기분이었다. 조심스레 손을 내미는 나를 볼 때면 뭉클함마저도 떨쳐내고 싶었다.

슬픔은 슬픔으로 전이된다. 쌓아온 시간이 따뜻할수록 슬품은 깊게 스며든다. 그녀에게 이 길이 애틋해질수록 친구들과 이별은 더욱 슬퍼졌다. 그녀는 작별인사를 하다 눈물을 보인 헝가리 친구를 안아주었다. 그날 밤, 술을 좋아하지 않았던 헝가리 친구는 연거푸 잔을 비웠다. 마치 필사적으로 취하려는 사람처럼, 볼이 벌게진 헝가리 친구는 그녀에게 편지를 건넸다. 이 길이 그리울 거야. 그리고 사람들이 보고 싶을 거야. 그녀는 대답하지 않았다. 입을 열면 눈물이 흐를 것 같았다.

만남과 헤어짐에 있어 그녀만의 매뉴얼이 있었다. 만남의 기쁨을 어떻게 받아들이고 헤어짐의 슬픔을 어떻게 삭여야 하는지 알고 있었다. 하지만 사랑하는 사람을 만남과 동시에 친구들을 떠나보내자 그녀 안의 이중적인 감정은 잘못된 소켓에 코드를 꽂은 듯 엉켜갔다.

만나서 슬픈 것인지. 아니면 헤어져서 기쁜 것인지. 함께 존재할 수 없는 것들 앞에서 감정의 회로는 고장 났고 체계는 무너졌다. 그녀는 그녀 안에 존재했던 감정들을 외면했다. 가장 소중했던 것부터 차례차례 지워 나갔다.

그녀는 악몽을 꿨다고 생각했다. 그 꿈의 끝은 기억나지 않았지만 악몽을 꿨다는 사실만은 어렴풋이 기억났다. 열병을 앓던 아이가 한 차례 땀을 쏟아내고 곤히 잠에 들듯 모로코에서의 아침은 그녀를 차분하게 진정시켰다.

흙먼지를 뿜어내며 요란하게 길거리를 질주하는 오토바이들과 무질서하게 거리를 활보하는 행인들을 보자, 그녀 안을 휘젓던 여러 감정은 커피에 설탕 조각이 녹듯 사라져갔다. 옥상에 올라 난잡하게 솟아 있는 건물들을 보았다. 그 뒤로 낡은 성벽이 도시를 두르고 있었다. 어디선가 들려온 이방의 노래에 귀를 기울였다.

낯섦은 그녀를 긴장시켰고, 새로운 것에 대한 호기심을 이끌었다. 그녀는 바람에 흔들거리는 하얀 이불보를 스치듯 만졌다. 따사로운 햇볕에 바삭바삭하게 익힌 팬케이크 같아 피식 웃음이 나왔다. 모로코 전통 문양이 새겨진 의자에 앉아 얽혀 있던 시간들을 꺼내 천천히 맞추어보았다. 그 시간에 맞는 그림을 그리고, 색을 입혔다. 이 장면은 무엇이라고 해야 할지, 어떤 이름으로 불러야 할지 고민했다.

나를 생각했고, 씁쓸한 커피 향이 가시지 않는 혓바닥 위에 이름을 올려놓았다. 그리고 조용히 불러보았다. 많이 외로웠을까. 아마 외로웠겠지.

홀로 보냈을 시간들이 그녀에게 다가왔다. 그 시간들을 하나씩 하나씩 차분하게 넘겨보았다. 무언가를 간절히 원하면 자신을 잊게 된다. 자신을 잊는다는 것은 그 순간을 놓치고 싶지 않다는 뜻이기도 했다. 그녀는 외로움 속에서도 순간을 잡기 위해 스스로를 잊은 남자를 보았다.

'나를 원망했을까. 차라리 원망했으면 좋겠다.'라고 그녀는 바랐다. 이제 모든 시간은 제자리로 돌아갔다. 앞으로의 시간을 차곡차곡 쌓는 일만이 그녀에게 남아 있었다. 카페에 들어가 햇볕이 잘 드는 자리에 앉자 터번을 두른 종업원이 다가왔다.

"좋은 아침이에요. 혹시 일행분이 오십니까?"

창가 아래서 아이들의 힘찬 음성이 들려왔고 작은 참새가 테이블에 앉아 고개를 내밀었다. 그녀는 미소 지으며 천천히 말했다.

"잘 모르겠어요. 하지만 왔으면 좋겠어요."

그녀는 호스텔 로비에 놓인 낯익은 배낭을 보고 내가 왔음을 짐작했다. 무함마드는 그녀에게 "너의 친구가 도착했어. 지금 식당에 있을 거야."라고 전했다.

그녀는 고맙다는 말과 함께 식당으로 향했다. 허름한 식당 한편엔 익숙했던, 조금은 낯선 내가 앉아 있었다. 우리는 먼 길을 돌아 결국 여기에 오게 되었구나. 너도 말없이 떠난 적이 있으니 나도 한 번쯤은 그래도 공평하겠지. 그녀는 나를 바라보며 말했다.

"왔어?"

2 _____ 서울, 동거

서로에게 기대어

그녀가 지내던 10평 남짓한 작은 월세집이 우리의 첫 보금자리였다. 9년 동안 홀로 지냈던 그녀는 익숙해진 공간에 침범한 낯선 물건들을 보고 '함께'라는 단어가 실감 났다고 했다. 겨울이 끝나가고 봄이 고개를 기웃거릴 때였다. 우리는 그 누구보다도 열정적이었으며, 앞을 가로막는 것은 가만두지 않겠다고 외치는 당찬 연인이었다. 당시 그녀와 나는 각자의 방식으로 삶을 도모했다. 그녀는 여행을 마무리 짓기 위해 전시 준비를 시작했고, 저렴한 가격에 빌릴 수 있는 전시 공간을 찾아다녔다.

전시 경험이 전무했기에 쉽지 않았다. 그래서 우리는 언제나 '젊음'에 호소해야 했다. 수치로 판단되는 사회에서 보이지 않는 '잠재력'을 내달리고 애원하는 것은 때론 비참한 일이었지만 언제나 웃음을 잃지 않았다. 그때 우리는 그랬다. 희망이 곧 현실이 될 것이라는 믿음은 그때가 아니면 지닐 수 없기 때문이다. 그녀는 낮에는 계약직 디자이너로 일하고, 밤에는 전시 준비에 시간 가는 줄 모르게 겨울의 끝을 맞이했다.

2월의 어느 날, 첫 번째 책의 원고를 완성했던 날, 마지막 문장에 온점을 찍고 노트북을 덮었다. 온몸에 힘이 빠져 한참을 자리에 앉아 있었다. 집으로 가는 길에 그녀에게 전화를 걸었다.

"이제 끝났어."

그녀는 정말 고생했다며. 축하 파티를 해야 한다고 신이 난 목소리로 말했다. 매일 지나던 골목이 낯설게 느껴졌다. 생의 한순간이 또렷해지면 그 주변은 흐릿해지는 것일까. 아직도 그 장면들은 색이 바래지 않은 채 가슴속에 남아 있다. 문을 열고 집으로 들어서자 그녀는 작은 케이크에 초를 하나 꽂아 들고 있었다. "축하해!"라고 말하며 웃는 그녀.

우리는 이제 생의 결정적 순간마다 함께할 것임을 깨달았다. 기쁠 땐 작은 케이크를 앞에 두고 웃음이 떠나지 않는 밤을 보낼 것이며, 슬플 땐 말없이 토닥여주며 눈물이 마를 때까지 밤을 보낼 것임을. 그렇게 불완전한 두 생이 서로에게 기대어 하나의 삶으로 기억될 것이다. 케이크를 함께 들고 '후' 하고 촛불을 불었다. 연기는 흩어지며 우리 안으로 사라졌다.

사랑해서 함께 산다는 것

초라함을 감춘 채 매력적인 모습만 보여주고 싶은 게 연애라면 상대의 초라함을 이해하고 '우리 모두 조금씩은 찌질해.'라고 마주 보며 고개를 끄덕이는 것이 동거다. 우리는 화장을 함으로써 자신을 감추기도 하고 부드러운 음성과 두툼한 지갑으로 자신을 과장하기도 한다. 그랬던 우리가 한바탕 연극을 끝내면 각자의 공간으로 돌아간다. 화장을 지우고 촌스러운 안경을 쓰거나, 취업은 언제 할 거냐는 어머니의 물음에 "내가 알아서 해."라고 짜증을 부린다. 우리는 그곳에서 본래의 우리가 된다.

'결혼'이라는 명사 앞엔 '행복한'이라는 수식이 붙는다. '불행한' 혹은 '후회 가득한'이란 수식어를 볼 때면 눈살이 찌푸려지거나, 그들의 삶이 얼마나 힘들지 생각한다. 내가 자란 세상에

선 모두들 결과에만 관심이 있었다. 좋은 대학에 간다거나, 대기업에 취직한다거나, 결혼을 한다거나. 그 후에 어떤 삶이 있는지, 어떻게 대처해야 하는지에 대해서는 아무도 얘기해주지 않았다. 전혀 다른 두 사람이 만나 함께하는데 마냥 행복할 수 있을까.

불편한 진실은 언제나 매정하다. 세태는 각박해져 연애를 하는 데에도 들이는 시간과 돈을 계산해야 하는 시대가 왔다. 적은 노력으로 큰 효용을 얻기 위해 거짓말은 불가피해졌다. 자신의 매력을 부풀리는 것이 자본주의 사회에서 살아남는 최선의 방법이다. 그래서 우리는 '이런 남자 만나라', '이런 여자와는 헤어지지 마라'의 글을 스크랩한다. 아이와 노는 것을 좋아한다고 했던 남자가 주말에 소파에만 퍼질러 누워 있는 것은 어쩌면 당연할 결과일지 모른다. 그러므로 '행복한 결혼' 앞에 넣을 말이 있다면 '서로의 엄청난 노력으로 인해'라는 말일 것이다.

한국 사회에서 동거는 여전히 불량스러운 비밀 모임의 조직명처럼 불린다. 당장 부모님에게 달려가 "내일부터 애인이랑 동거해요."라고 말해 뺨과 등짝을 온전히 보존할 수 있는 이들이 몇 명이나 될까. 낯섦은 그것을 경험해보지 못한 이들에겐 판타지가 되거나 두려움이 된다.

동거라는 개념이 없었던 부모님 세대에선 받아들일 수 없는 해괴망측한 생각이고 아직도 '여성의 순결'에 대한 강력한 믿음을 지닌 이들은 '혹시나 헤어지면 나중에 피해 보는 것은 여자다.'라고 생각한다. 실제로 우리가 같이 살기로 했을 때, 몇몇은 그녀에게 다시 생각해보라고 조언했다. 단지 사랑해서 함께 사는 것인데 우리는 많은 고민을 해야 했고, 그 끝을 걱정해야 했다.

여전히 누군가는 부모님의 스매싱을 피해 구차한 변명을 해야 할 것이고, 또 누군가는 동거란 '매일 섹스할 수 있는 주거 형태'라고 생각할 것이다.

재밌게도 동거가 당연시되는 서유럽 사회도 몇 십 년 전까지만 해도 동거는 남녀 간의 정상적이지 않은 결합이었다. 역사엔 지름길이 없다. 고도성장했던 대한민국의 생채기가 광화문에서 아물었던 것처럼, 유교사상에 근간을 둔 보수적인 사회도 차근차근 변화할 것이다.

베를린에서 민박집을 연 후 첫 독일인 손님이었던 이카 아주머니는 내게 이런 말을 했다. 우리는 우리가 경험한 만큼만 세상을 본다고. 그러니 누군가를 이해시키고 싶을 땐 잘잘못을 따지려고 들면 안 된다고. 그것은 대화가 아니라 폭력이라고. 그 사람의 세계를 이해하며 오랜 시간 정성껏 이야기를 나누라고.

우린 서로 달라서

그녀와 나는 비슷한 때에 잠들고 아침을 맞이했다. 처음 한 달간은 마치 여행을 온 것처럼 즐겁기만 했다. 형편없는 솜씨로 만든 요리에도 극찬을 하고, 고춧가루 묻은 덜 닦인 접시를 보고도 귀엽다며 깔깔거렸다. 집으로 오는 길, 떡볶이와 순대를 사서 작은 탁자 위에 올려두고 호호 불어가며 먹기도, 영화를 보면서 밤을 새우기도 했다. 아무것도 하지 않아도 어딜 가지 않아도 같은 공간에 있다는 것만으로도 행복했다.

사소함에 즐거움을 누리며 살 수 있다면 분명 축복받은 삶이다. 하지만 인간은 끝없이 욕심을 채우고 싶어 한다. 촌스러운 잠옷 바지를 입고 편안하게 누워 티비를 보는 것이 익숙해질 때쯤, 함께 살지 않았더라면 몰랐을 단점들이 보이기 시작했다. 그녀와 나는 우리가 이뤄놓은 행복을 영원히 지키고 싶었다. 사랑이란 감정은 결국 변하기에 그것을 알고 있던 우리는 초조했다. 그 초조함은 상대방에게 화살이 되어 돌아갔다.

그녀는 담배를 싫어했다. 싫어하는 정도가 아니라 누군가 담배를 피우고 있으면 혐오스럽다는 듯 표정을 구겼다. 모로코 여행 때, 그 점을 누누이 강조하며 내게 하루빨리 담배 끊기를 요구했다. 막 연애를 시작하는 모든 이들이 그렇듯, 너를 위해서라면 무엇이든 할 수 있을 것처럼 말하며 담배를 줄여갔다. 애연가인 내겐 힘든 일이었지만, 네가 원하는 것은 다 해낼 수 있다고 큰소리를 뻥뻥 쳐댔다. 노력하는 모습에 그녀는 기뻐했고 "봐, 할 수 있잖아."라고 어깨를 도닥여주었다. 그때 나는 무지했다. 그 사람이 소중한 것처럼 그 약속도 소중하게 다뤄야 한다는 것을 알지 못했다.

대부분의 시간을 그녀와 보냈다. 내가 글을 쓰면 그녀는 마주 앉아 다른 작업을 했다. 담배를 피우고 싶을 땐, 그녀에게 양해를 구했다. 우리가 같은 공간에 있을 땐 상대에게 먼저 묻는 것이 흡연에 관한 룰이었다. 우리의 시스템은 꽤 잘 작동되었다. 합의를 통해 일방적으로 한 사람의 욕구를 채우는 것을 막을 수 있었고, 대화를 함으로써 두 사람의 균형을 맞춰간다고 믿었다.

그 양해가 그녀에겐 내가 그녀를 얼마나 생각하고 있는지에 대한 지표였고, 내겐 그저 담배를 피우기 전 형식적인 인사치레와도 같았다. 어떠한 행동에 애정의 깊이를 확인할 수 있는 의미가 부여되면 그 끝은 언제나 서운함이 기다리고 있었다. 끝없이 확인받고 싶어 하는 욕구는 남녀 관계 도처에 깔린 불확실에 대한 마지막 안전지대였다.

나도 나름의 불만이 쌓여갔다. 그녀의 달콤한 '칭찬'에 움직였던 나는 담배를 줄여가는 '피나는' 노력에도 불구하고 날이 갈수록 무덤덤해지는 그녀를 보고 '불공평'을 느꼈다. 마음 저편에 있던 불만은 동거한 지 두 달이 되어가자 나의 삶을 되찾고 싶은 욕심이 되어 불쑥 찾아왔다. 너는 나를 이해해줘야 한다고, 아니 나는 이해받아야 한다는 이기심은 '나는 너를 사랑하고 있다.'가 아닌 '네가 나를 사랑하고 있다.'에 방점을 찍었다. 조심스러운 양해는 종종 거절되었고, 횟수가 거듭될수록 나의 오랜 친구인 자존심도 자주 말을 걸어왔다.

우리가 이런 대접받을 신세냐고, 그렇게 고개를 조아리고 애걸복걸하고 싶냐고. 그녀가 양해를 사랑의 징표라고 생각했다면 나는 그것을 관계의 동등함이라고 여겼다. 천성이 자유로운 내게 관계의 시소가 기울고 있다는 생각이 들자 마치 어딘가에

예속되는 것처럼, 일부를 빼앗긴 것처럼 답답함이 밀려왔다. 다툼은 예고 없이 찾아왔다. 저녁 식사를 끝내고 늘 그렇듯 담배 한 대만 피우고 오겠다는 내게 그녀는 냉소적인 말투로 "피워도 될까."가 아니라 "피우고 오겠다."냐며 말꼬투리를 잡았다.

방금 전까지 화기애애했던 분위기는 온데간데없고 싸늘한 기운이 둘 사이에 감돌았다. 나는 그것이 뭐가 중요한 것이냐며 반문했고, 그녀는 지지 않고 차이를 모르겠냐며 따지기 시작했다. 쌓였던 불만은 어떤 방식으로든 터지기 마련이다. 격해진 감정은 흔들리는 음성에 그대로 전달되었다. 너는 왜 이렇게 이기적이냐고. 너도 이기적이라고. 뜨겁게 달아오른 머릿속에서는 '건설적인 관계를 위하는 것처럼 보이지만 사실 내 기분을 풀고 싶은 말'을 골라냈고 냉정하게 뱉었다. 우리는 처음으로 무자비하게 우리를 드러냈다.

누군가 "그만 말하자."라고 나지막이 말했고, 기다렸다는 듯 그녀는 작은 방으로 갔고 나는 책상 앞에 앉았다. 언제나 곁에 있겠다는 말은 감정의 사계절을 함께 견디겠다는 말과도 같다. 같은 공간에 있던 우린 마치 혼자 있는 것처럼 상대를 투명인간 취급해야 했다. 아무렇지 않은 듯, 사실 신경은 온통 상대에 쏠려 있었지만 나는 상관없다고, 그러니 어서 아무 말이나 꺼내보라고, 무언의 투쟁을 하듯 서로를 무시했다. 그날은 하루도 빼놓지 않았던 "잘 자."라는 말도 없이 침대에 누웠다.

잠이 올 리 없었다. 뜨거운 사우나에 들어간 것처럼 온몸은 화끈거렸다. 불편해진 침대를 조심스레 벗어나 바닥에 이불을 깔고 잠을 청했지만, 싸늘해진 공기는 가슴을 깊이 후벼 팠다. 말을 걸어볼까도 싶었지만 곤히 자고 있는 그녀를 보니 괜히 가시가 돋았다.

'너는 이 상황이 아무렇지 않아? 나만 지금 이렇게 힘든 거야?'

가장 따뜻했던 공간은 어느새 조금도 견디지 못할 만큼 소슬한 곳이 되었다. 답답한 마음에 옷을 챙겨 집을 나섰다. 목적지 없이 새벽 거리를 걸었다. 그녀 말대로 정말 나는 익숙해진 걸까. 익숙해져서 이제는 당연하다고 생각하는 걸까. 내 뜻대로 해야 하고, 원하는 대답만 듣고 싶다면 약속이 무슨 의미가 있는지를 생각했다. 다툼은 우리가 사랑을 속삭이는 연인이지만 결국 어쩔 수 없는 타인이라는 지점에서 발생했다. 사랑하기에 이해할 것이라고 믿었던 것들은 나를 옥죄었다.

이해받는 것은 단지 손만 내밀면 될 정도로 간단했지만, 이해하는 것은 온전히 상대만을 생각해야 했다. 그녀와 순례길을 걸었던 날을 떠올렸다. 과거는 종종 현재의 나침반이 된다. 그녀를 가리키는 침은 나를 콕콕 찔렀다. 그 아픔을 아는 사람은 과거를 통해 현재의 나를 바라본다. 상처는 소중한 것이 무엇인지 잊지 말라고 따끔거린다.

어색하게 방문을 열고 그녀 곁에 앉았다. 그녀는 "어디 갔다 왔어?"라고 나지막이 물었다. 조용했던 방은 요동치듯 움직였다.

"아, 자고 있는 줄 알았어."

고개를 돌린 그녀는 "어떻게 자겠어."라며 옅은 미소를 띠었다. 어두컴컴한 방에 마주 보고 앉아 그간의 감정을 털어놓았다. 우리는 서로가 느꼈을 서운함을 쓰다듬어주었고, 그것은 금세 따스한 애정으로 바뀌었다. 사실은 끊기가 힘들다고. 하지만 노력하겠다고. 무서운 눈빛으로 담배 피우지 말라고 하면 작은 아이가 된 기분이라고. 그녀와 나는 다른 사람이었다.

우리는 각자의 방식으로 문제를 바라보았고, 살아온 궤적에서 얻었던 경험으로 답을 내렸다. 그 차이를 줄여갈 수 있는 것은 사랑이 아니라 끊임없는 대화였다. 내가 어떤 생각을 했는지, 네가 어떤 기분이었는지 말하지 않으면 알 수 없는 것들, 하지만 말하지 않아도 알아줬으면 하는 것들을 용기 내어 입 밖에 꺼낸다는 것은 서로를 믿고 있다는 뜻이었다.

불완전한 우리가

동거를 하면서 요리의 시작은 설거지라는 것을 알게 되었다. 찬장을 열면 언제나 잘 닦인 접시들이 있어야 한다고 여겼다. 매끼마다 쌓이는 그릇을 닦으며 누군가가 반평생 해왔을 노동을 뒤늦게 배워갔다. 어디 설거지뿐이겠는가. 반찬은 두세 끼가 지나면 바닥이 나고, 먼지와 머리카락은 아무리 쓸어내도 어디선가 나타났다. 이제야 부모님의 노고가 저린 손목으로 느껴졌다.

여전히 가사노동은 피할 수 없는 문제였다. 나름대로 열심히 한다고 하지만 언제나 그렇듯 나의 '열심히'는 '해냈다'에 초점이 맞춰져 있었고, 그녀가 말하는 '열심히'는 '얼마나 완벽히'를 의미했다. 자신만의 삶의 양식이 집안 곳곳 배어 있는 그녀에게 나는 틀림없이 말도 안 통하는 어벙벙한 외국인 같았을 것이다. 내가 주로 저지르는 잘못은 정해져 있었다. 밥을 먹고 접시를 싱크대에 그냥 놔뒀다거나 옷가지와 수건을 함께 빨았다거나, 가끔은 물건을 제자리에 두지 않았다고 잔소리를 듣기도 했다.

처음 잔소리를 들었을 때, 기분이 몹시 좋지 않았다. 양손을 옆구리에 올린 상대를 보는 건 썩 기분 좋은 일은 아니었다. 어릴 적 시무룩한 표정으로 어머니께 꾸중을 듣던 내가 떠올랐다. 이렇게 잡혀 살 수 없다고, 가만히 있으면 안 되겠다고 다짐했다. 열 올려 잔소리를 끝낸 그녀에게 미안하다고, 다음부터 안 하겠다고 비는 시늉을 하며 마음을 달래주고는 너도 걸리면 똑같이 갚아주겠노라고 음흉한 미소를 지었다.

고작 '설거지'를 제대로 안 했다고 사과를 하는 것은 자존심 상하는 일이었다.

며칠간 그녀의 행동을 지켜봤다. 혹시라도 정리를 제대로 안 하는지, 빨래를 제대로 개는지, 분리수거는 똑바로 하는지. 삶에 있어 이미 '집안일'이란 과목 하나를 만점으로 이수한 그녀는 좀처럼 실수를 보여주지 않았다. 하지만 포기하지 않았다. 먹이를 노리는 맹수가 낮게 포복하듯 조용히 기다리던 중 콘센트에 그대로 꽂혀 있는 고데기(헤어 스트레이너)가 눈에 띄었다. 아, 드디어 잡았다. 흥분하지 않고 차분히 증거를 사진으로 남겼다. 그녀가 오면 어떻게 혼내줄지 즐거운 상상을 했다.

된장찌개 냄새가 부엌을 가득 메웠다. '이제 곧 도착해.'라는 메시지를 보고 가스 불을 줄였다. 식탁을 닦고 있는데 그녀가 문을 두드렸다. 보자마자 추궁하면 기분이 나쁠 수도 있으니 숨을 돌릴 시간을 주었다. 코트를 옷걸이에 걸고 "오늘은 어땠어?"라며 사냥을 위한 덫을 놓았다. 언제쯤 얘기가 끊길까 먹잇감을 덮치기 직전의 맹수처럼 촉각을 곤두세웠다. 기다렸다는 듯 말을 꺼내고 싶지 않았다. 쪼잔해 보이는 것은 싫었기 때문이다. 잠시 정적이 흘렀고 "아 맞다!"라고 운을 떼며 자연스레 입을 열었다.

"근데 아까 청소하면서 봤는데 고데기 꽂아놓고 갔더라? 불나면 어쩌려고 그래."

그녀는 잔뜩 커진 두 눈으로 나를 쳐다보았다. 나는 준비했던 잔소리를 뱉기 전, 변명을 듣기 위해 약간의 시간을 주었다. 그녀는 당황하더니 변명을 하기 시작했다. "오늘은 정말 바빴어. 원래 안 그러는 거 알잖아. 진짜 처음 그랬어." 그러면서 눈치를 살피며 빠져나갈 수를 만드는 것 같았다. 혼나지 않기 위해 얼버무리는 모습이 귀여워 화가 난 척도 해보고, 괜한 트집도 잡아보았다.

그녀는 그럴 때마다 슬며시 내게 따지려 들기도 하고, 상황을 모면하기 위해 과장해 웃기도 했지만 결국, 나지막이 미안하다고 말하며 고개를 떨궜다. 입술을 삐죽 내밀고 뱉은 "미안해."는 이러지 말라며 내 마음을 잡아당기는 것 같았다. 투명한 물에 색소 몇 방울을 떨어트린 것처럼 무언가 빠르게 퍼져나갔다. 풀이 죽어 고개 숙인 그 모습은 충분히 안아주고 싶을 만했다.

"아니야, 아니야. 괜찮아. 그럴 수도 있어. 나도 맨날 덤벙거리잖아."

그녀는 잘못을 저지르고 혼이 난 어린아이처럼 와락 안겼다. 혼내는 것도 쉬운 일이 아니구나. 그녀도 늘 그랬겠지. 괜히 미안해져 마음이 울렁였다. 안겨 있던 그녀는 몇 걸음 물러나 조금 틈을 만들더니 입을 열었다.

"동하…… 근데 오늘 담배 피웠어?"

아, 이 돌고 도는 전쟁은 끝나지 않겠구나. 나는 갑자기 왜 그러냐며 황급히 다시 안았다. 그녀는 기세가 등등해져 빨리 말해보라며 옆구리를 찔렀다. 아, 포근하다 이곳은.

말을 버벅거리며 당황해하는 모습은 함께 살아갈 사람의 불완전한 면이었다. 잘 꾸며진 아름다운 모습엔 내가 들어갈 자리가 없었지만 잔뜩 뻗친 앞머리에 핀을 꽂은 채 라면을 먹는 그 모습은 김치라도 건네주고 싶을 정도로 정겨웠다.

잠이 덜 깬 채 나란히 앉아 커피를 마시고, 늘어지게 낮잠을 자다가 산책을 가고, 침대에 누워 발가락을 좌 우로 흔들며 영화를 보고. 불완전한 우리가 애쓰며 살아가는 소박한 일상이었다.

이제는 음성의 높낮이만으로도 어떤 기분으로 날 불렀는지 알 수 있게 되었다. 동하의 '하'를 조금 끌다가 올리며 부를 때는 내가 잘못을 한 것이 있다는 뜻이다. 그럼 나는 "왜……?"라며 변명거리를 생각하면서 슬금슬금 가본다. 동하의 '하'를 길게 뺀 뒤 내리며 부르는 것은 나를 오랫동안 기다렸다는 뜻이다. 그 음성엔 따스함이 있다. 따스함이 귓가에 파고들었다.

작지만 끈질기게 지키고 싶은 것들

우리는 줄기차게 삶을 꾸려갔다. 하지만 무기력하게 아침을 시작해 맥없이 집으로 돌아오는 날이 계속되자 집안일은 차일피일 미뤄졌고, 눈치게임을 하듯 슬그머니 상대에게 떠넘기는 일이 잦아졌다. 이러면 안 된다고, 공평해야 한다고. 질서가 필요하다는 데 우린 동의했고, 집에 있는 사람이 도맡아 했던 가사노동은 분담되었다.

그녀는 똑똑히 말했다. 집안일은 네가 도와주는 일이 아니라고. 우리가 같이 하는 공동의 일이라고. 내가 식사를 만들었으면 네가 설거지를 하고, 네가 빨래를 했으면 내가 집 청소를 하고. 주말엔 아침 일찍 햇볕에 이불을 털고, 장을 보러 갔다. 금실 좋은 노부부처럼 조용히 맡은 일을 하다 보면 하루는 금세 지나갔다.

사랑하는 사람이기 이전에 게으른 인간이기에 종종 설거지를 미루고 소파에 벌러덩 눕고 싶은 날이 있다. "미안한데, 설거지 좀 부탁해." 저녁 식사를 하고 곧장 누워버리면 마치 청소 시간에 땡땡이치고 몰래 학교를 빠져나온 것 같은 해방감을 느꼈다. 마찬가지로 퇴근하고 집에 와 식사 준비부터 설거지까지 하루 이틀 하다 보면 그녀도 사랑이라는 감정 이전에 분노를 먼저 배운 인간이기에 화가 났다.

"야, 오늘은 네가 설거지 좀 해."

날카로운 목소리에 정신이 번쩍 들었다. "미안해. 내가 할게." 라고 말하면 좋으련만 '사실 설거지를 하기 싫었던 이유는 요 며칠 층계를 오르락내리락하며 쓰레기를 버렸던 것이 나였기 때문이다.'라는 생각을 급하게 떠올린다. 그래도 딱히 억울한 것은 없지만 네가 화를 냈다는 것이 억울해진다. 이게 무슨 큰일이라고 화를 내. 아니, 잠깐만 지금 나한테 화를 낸 거야?

"내가 오늘 아침 준비했잖아. 설거지하는 게 그렇게 귀찮아?"

무심하게 쳐다보며 던진 말에 그녀는 곧 분노를 터트릴 준비를 한다. 하지만 평화로운 저녁을 깨고 싶지 않아 "그게 아니잖아! 아 아니야, 그럼 오늘만 네가 해줘."라며 앙다문 입으로 말한다. 만약 눈치라는 감각의 월드컵이 있어 세계 토너먼트가 열린다면 나는 동네 예선도 오르지 못하고 탈락할 것이 분명하다. 그녀의 태도에 '이제 내가 유리하군. 좀 더 밀어붙이면 되겠어.'라고 생각하며 아무렇지 않은 척 말한다.

"알았어. 내가 할게. 그런데 아까 짜증 낸 건 사과해줘."

합리적인 대꾸는 비교적 건전한 대화를 이끌지만, 얼토당토 않은 변명은 상대를 진흙탕 싸움으로 빠트린다. 저번 주에 빨래 내가 했잖아. 너는 주말에 늦잠 잤잖아. 매번 대충 닦아서 내가 한 번 더 해야 하잖아. 서로에게 진흙을 묻히다 보면 우리가 왜 이 진흙 싸움을 벌이게 됐는지 잊곤 한다. 그러면 다툼은 막연히 상대의 사과가 듣고 싶어 꽤 그럴듯한 과거의 잘못을 상기시키는 단계에 이른다.

상대가 치사하게 나온다면 나도 온갖 권모술수를 부리고 싶기 마련이다. 설거지에서 시작했던 작은 언쟁은 씀씀이부터 코골이까지 경제와 역사, 윤리를 넘나들며 상대방의 잘못 들춰내기로 이어진다. 내 잘못들을 듣다 보면 사실 맞는 말도 있고 상대가 넘겨짚은 부분도 있다. 그런데 왜 나는 내가 저지른 잘못보다 작은 오해에 더 분개할까.

아직도 자존심이란 친구를 방패 삼아 내가 얼마나 올바른 사람인지를 증명하고 싶은 걸까. 열 올리며 화를 내는 내 모습이 보인다. 그리고 그 앞에 내가 사랑하는 사람이 서 있다. 끝장을 보기 위해 시작한 언쟁이 아니라 단지 미안하다는 말을 뱉지 못하는 유난스러운 내 고집 때문이라고. 그런 생각이 들 때는 숨을 돌리고 말한다. 잠깐 유자차 마시고 다시 하자고.

물을 끓이는 동안 내가 얼마나 바보 같았는지 돌이켜본다. 그리고 화가 가라앉았는지 곁눈질로 살핀다. 어색한 자세로 유자차를 가져다주며 말한다. 아깐 미안했다고. 두어 번 정도 말하면 그녀는 콧숨을 내쉬며 앉으라고 턱짓한다. 언제 화 풀렸던 거야? 네가 물 끓이고 있을 때. 서로를 바라보며 킥킥대며 웃는다. 우리는 김이 피어나는 유자차를 마시며 오늘 저녁이 얼마나 맛있었는지에 대해 이야기한다. 내일은 칼국수를 먹자고, 그럼 내가 설거지를 하겠다고. 달콤한 유자향이 혀끝에 퍼진다.

집에 돌아온 그녀는 핸드백을 내려놓자마자 오늘 하루가 얼마나 힘들었는지를 털어놓는다. "아니, 동하야."로 시작한 이야기는 직장에서, 그리고 학원에서의 이야기로 넘나들며 때로는 목소리가 높아지기도, 맞장구를 요구하기도 하다가 중간중간 자신의 의견까지 덧붙이며 끝을 낸다. 끝이 났나 싶어 슬그머니 부엌에 가려고 하면 다시 입을 연다. '근데 동하야.'에서 '근데'로 시작한 이야기는 주로 고민이거나 걱정이다. 학원 수업이 어렵다거나 회사에서 너무 많은 일을 준다거나. 딱히 내게 답을 요구하지 않는 그런 것들. 하지만 내게 얘기해주고 싶은 것들. 가만히 듣다 보면 '너도 잘못이 있는데?'라고 말하고 싶어 입술이 씰룩거릴 때도 있다. 그럴 때면 씨익 웃으며 아무 말하지 않는다. 그녀는 자기만의 방식으로 일생을 살아왔다. 그리고 그 방식으로 또 다른 하루를 버텼다. 그녀의 하루에 내가 할 수 있는 말은 '고생이 많았네. 더 잘할 수 있을 거야.'라는 것임을 오랜 시간이 지나서야 알게 되었다.

보통 저녁을 먹지 않는 그녀가 밥을 먹자고 하는 날은 아직 할 얘기가 더 남은 날이기도 하다. 서너 가지 찬을 작은 탁상에 올리고 젓가락을 든다. 오물거리며 말하는 그녀에게 음식을 넘기고 말하라고 채근하는 나. 그녀는 그런 나를 보며 배시시 웃는다. 내일의 우리를 생각했다. 오늘을 기억하지 못할 만큼 주름이 생긴 우리. '왜 그때 있잖아.'라고 여러 번 말해야 간신히 생각이 날 만큼 시간이 흘렀을 때의 우리를 생각했다.

별것 아니지만 끈질기게 지키고 싶은 것들이었다. 물을 한 모금 마신 그녀는 입을 벌리며 '이제 말해도 되지?'라는 표정을 지었다. 고개를 끄덕이며 몸을 조금 앞으로 당겼다. 우리 행복하게 살자. 그녀는 그러자면서 볼을 살짝 꼬집는다. 우리는 불완전한 인간이기에 살을 맞대고 살아야만 따스함을 느낄 수 있었다.

기다리는 시간이 익숙해질 때

　우리는 정말 비슷한 게 많다며 깔깔거렸던 연애 초기가 무색할 정도로 시간이 쌓여갈수록 다른 면이 더 많다는 것을 알게 되었다. 하루에 한 번은 단것을 꼭 먹어야 하는 그녀는 슈퍼마켓에 가면 장바구니에 초콜릿과 젤리를 담았다. 단것을 싫어하는 나는 그녀가 한눈을 팔 때마다 하나씩 몰래 제자리에 두며 알 수 없는 신경전을 벌였다.

　집 안은 극명하게 우리의 차이를 보여주는 곳이었다. 그녀는 매일같이 정리 정돈을 했고 반듯하게 꽂아놓은 책을 보며 위안을 받았지만 나는 어질러진 옷가지 틈에서 셔츠를 찾을 때 생의 자연스러움을 느꼈다. 비가 오는 날엔 그녀는 창밖을 보며 빗소리를 들었고 우수수 떨어지는 빗소리에 나는 밀려오는 우울을 견디지 못해 이어폰을 꽂았다.

우리는 종종, 너와 나는 다르니 서로 존중해야 한다는 사실을 사랑이란 감정으로 보이지 않게 잘 포장했다. 하루에도 몇 번씩 기분이 달라지는 그녀가 시무룩해진 날엔 나는 힘 좋은 참치를 맨손으로 잡는 것처럼 안간힘을 쓰며 그녀를 대해야 했고, 오래 달군 쇠가 그 열기를 지속하는 것처럼 한 번 바뀌면 그 감정을 오랫동안 품는 내 기분을 풀어주기 위해 그녀는 뜨거운 커피에 혓바닥을 데인 것처럼 안절부절못했다.

우리에게 다른 점이 있다는 사실이 견딜 수 없었다. 모든 것이 같아야 한다는 생각에 단것을 억지로 먹기도, 빗소리를 들으며 '나는 이 세상에서 가장 행복하다.'라고 주문을 외우기도 했다. 그런 행동을 맞춰가는 노력이라 믿었다. 그래서 감정의 소음이 생길 때면 서로에게 들키지 않기 위해 꾹꾹 누르거나, 애써 밝은 척을 했다.

기분이 축 처지더라도 그녀가 집에 오면 밝게 웃었고, 서운함이 들더라도 '내가 더 잘 해야지.'라고 생각했다. 그것은 우리 자신을 잃어가는 과정이기도 했다.

각자의 '나다움'을 많이 잃고 나서야 다름과 같음은 결국 우리가 살아가는 삶의 방식일 뿐이었다는 것을 알게 되었다. 닭다리를 좋아하는 나와 가슴살을 좋아하는 그녀가 사이좋게 원하는 부위를 먹을 수 있는 것처럼 같지 않음이 오히려 삶의 균형을 맞추기도 했다.

사람 만나길 좋아하는 그녀는 종종 사람들을 집으로 초대했고, 사람을 좋아하지만 나서기를 꺼렸던 난 그녀 덕분에 한 발짝 물러서서 그들 곁에 있을 수 있게 되었다.

함께 산다는 건 마음속 공동의 공간을 만들어가는 일이었다. 내게 필요 없는 것을 덜어내고 상대가 필요한 것은 더해가며 우리가 잘 맞아 들어가도록 그 공간을 비워갔다. 각자의 시간 속에서 자신을 살피고, 다시 곁에 앉았을 때 그곳을 우리의 다름으로 채워갔다. 비가 쏟아지는 날이면 그녀는 감상에 잠겼다.

그런 그녀를 보며 노래를 들었다. 잠시 슬픔을 품었던 그녀는 금세 돌아와 평소처럼 내게 인사를 건넸다. 우리는 서로 기다릴 줄 알게 되었고, 그 기다림은 믿음이란 끊어지지 않는 로프를 서로의 허리에 매단 것과 같았다. 우린 그 로프에 의지해 균형을 맞춰가고 있었다.

그녀는 손과 발이 찼다. 손과 발이 따뜻한 나는 그녀의 손을 잡고 잠이 들었다. 새벽녘이면 종종 잠에서 깨 이불을 끌어모은다. 그러다 이불 밖으로 빼꼼 나온 차가운 그녀의 발과 닿을 때가 있다. 맞춰간다는 건 차디찬 발을 이불 안으로 넣어주는 일, 발과 발 사이를 맞대어 온기를 나눠주는 일이었다. 그리고 슬며시 짓는 미소는 우리가 우리로서 사랑하고 있다는 뜻이기도 했다.

계절이 거듭될수록 우리는 익숙해졌다. 누군가 우울하단 말을 하면 하던 일을 멈추고 몇 시간이고 얘기를 들어주었고, 글썽거리며 눈물을 흘릴 때는 말없이 옆에 있어주었다. 꼬치꼬치 이유를 묻지 않고 차분히 서로를 기다리는 버릇이 생겼다. 우리에게 익숙함이란 기다리는 시간이었다. 그 시간 속에서 서로를 애틋하게 바라보았다.

숨소리를 듣는다는 것

한 차례 소나기가 쏟아지고 길거리를 수놓았던 벚꽃이 지듯 우리의 행복도 하나둘씩 빛을 잃기 시작했다. 여름이 절정에 이르렀던 8월, 그녀와 나는 각자의 전쟁을 끈덕지게 헤쳐 내갔다. 이십대 후반의 나이로 퇴사를 결정하고 여행을 갔던 그녀에게 전시는 무엇보다 중요한 일이었다.

지금 네 나이에 꿈이 무슨 말이냐고. 정신 차리라는 부모님의 반대를 무릅썼던 그녀가 자신의 선택이 결코 어린아이가 싫증 내듯 장난감을 바꾸는 변덕이 아니라는 것을 증명하는 결과물이기도 했다. 그녀의 삶은 그랬다. 삶의 문턱마다 늘 부모님의 뜻에 따랐고, 대학을 가서도 그늘을 벗어날 수 없었다. 누군가로부터 인정을 받기 위한 삶. 그 안에 자신을 위한 시간은 없었다. 그것은 아마 그녀가 둘째 아이라는 점, 자신과는 비교할 수 없게 대단한 오빠를 뒀다는 점에서 기인했을 수도 있겠다.

언제였던가, 그녀가 성적표를 부모님에게 처음으로 자랑스레 내밀었던 날, 고작 이것밖에 못하겠냐고, 더 열심히 하라고 야단을 맞았던 그날부터 그녀는 자신의 가치를 부모에게 입증해야 한다는 강박에 시달렸다. 하지만 완벽했던 그녀의 오빠는 그 이상의 결과를 내보였고, 그녀는 과도하게 높아진 기대치를 충족시키기 위해 매일 자신을 마모시켰다. 그런 그녀가 처음으로 자신을 위한 결정을 내렸다.

'진짜 회사'에 취업하라는 부모님의 전화를 받으며 그 결정이 옳았음을 증명하기 위해서 더욱 처절하게 전시에 매달렸다. 새벽까지 애쓰는 그녀를 보며 혹시 내가 도울 수 있는 건 없는지, 일러스트레이터 프로그램을 독학했던 기억이 떠오른다.

균형은 너무도 쉽게 무너졌다. 회사는 계약이 연장되지 않았고, 졸지에 백수가 되어버렸다. 오히려 잘된 일이라고, 전시에 더 집중할 수 있다며 그녀는 담담하게 말했다. 침착한 어조 뒤에 숨은 걱정은 급격히 줄어버린 말수와 예민해진 표정으로 드러났다. "나 전시 해."라고 부모님에게 말해버린 뒤부터 그녀에게 전시를 하고 싶은 이유가 남아 있지 않았다. 하고 싶은 것이 아니라 해야만 하는 것이었다. 하지만 전시는 예상대로 흘러가지 않았다. 팀원들 간의 불화가 끊이질 않았고, 통장 잔고는 빠른 속도로 줄어갔다. 그럴 때마다 전시가 열리지 않을 수도 있겠다는 불안이 그녀의 목을 조여왔다. 부모님의 전화를 받는 것이 무척 두려워졌다. 그녀는 홀로 거대한 세상에 맞서는 기분이었다.

"오늘은 그냥 혼자 잘게."라며 작은 방으로 들어가는 그녀의 뒷모습을 보고 나는 아무 도움도 줄 수 없다는 사실에 초라함을 느꼈다. 그녀가 무엇 때문에 그토록 매달렸는지 그때는 알지 못했다. 힘들면 포기해도 된다고 내 딴에는 위로한답시고 던졌던 말은 날카로운 눈빛이 되어 돌아왔다. 아마 나의 무지가 오히려 그녀를 외롭게 했을 것이다. 장마가 끝나가던 날이었다. 회의에서 한바탕 언쟁을 벌였던 그녀는 팀원들을 바라보며 말했다. 미안한데 더 이상 못 하겠다고. 여기서 관둬야 할 것 같다고. 세차게 비가 내렸고, 영원히 멈추지 않기를 바랐다.

집에 곧 도착한다던 그녀는 한참 동안이나 연락이 없었다. 평소였으면 한 시간 전에 도착했어야 하는데, 힘없이 집을 나섰던 모습이 생각나 괜한 걱정이 들었다. 빗소리는 더욱 거세졌다. 참다못해 우산을 들고 그녀를 찾아 나섰다. 버스 정류장부터 자주 가던 분식집까지 모두 가봤지만 어디에도 없었다. 신발은 축축이 젖어갔고, 전화 신호음은 절정에 다다라 끊어지길 반복했다. 하는 수 없이 집 앞 계단에 앉아 숨을 죽이며 기다렸다.

그 너머에 있는 슬픔에 닿아 깊이를 헤아리고 싶었지만 우리는 아직도 각자의 슬픔을 감춘 채 살아가고 있었다. 행복은 우리 둘의 것이었지만 슬픔은 너무도 개인적인 일이었다. 우리의 간격이 가까워질수록 서로를 잘 알고 있다는 착각 때문에 이해를 바라는 마음은 구차해졌다. 그래서 그녀는 그 마음을 닫았다. 오직 혼자 견뎌야만 하는 일들이 있다. 그것을 알기에 그 아픔을 홀로 지고 있는 모습을 지켜만 봐야 할 때, 우리의 거리는 멀게만 느껴졌다.

빗속으로 저벅저벅 걸어오는 그녀에게 달려갔다. 걱정했다고, 어디 갔었냐고 물으니 그녀는 "그냥 전시 안 하려고."라고 짧게 대답했다. 비에 젖은 머리칼을 쓸어 올려주었다. 퉁퉁 부은 눈엔 빗물인지 눈물인지 모를 물이 맺혀 있었다.

우리는 등을 맞대고 서 있었다. 한 사람이 넘어지면 다른 한 사람도 넘어지는 것처럼. 바닥에 쿵하고 무릎을 찧어야 고통이 느껴지는 것처럼. 가만히 서서는 느낄 수 없는 네 슬픔 앞에 일부러 넘어졌다. 그것은 내가 네 아픔을 가슴 깊이 이해하는 유일한 방식이었다.

그녀는 그날 모든 것이 한순간에 무너졌다고 생각했다. 버스를 타고 오는 내내 어디서부터 잘못된 것인지 짚어봤지만 복잡한 마음을 진정시킬 수 없었다. 여행을 가면 안 됐나. 계속 회사를 다녀야 했나. 이제 서른인데 나는 왜 아직도 이러고 있나. 꼬리에 꼬리를 무는 생각에 소리라도 지르고 싶은 심정이었다. '전시 안 하게 됐어요.'라는 말에 부모님은 뭐라고 하실까. '그러게 내 말 들으라고 했지.'라는 대답을 들으면 간신히 잡고 있던 손마저도 놓아버릴 것 같았다.

집에 들어온 그녀는 말없이 작은 방으로 들어갔다. 괜찮다는 말에도, 잘 선택했다는 말에도 그녀는 그저 혼자 있고 싶다며, 내버려두라는 말만 되뇌었다. 함께 살기 시작하면서부터 우리는 감정을 공유했다. 자신을 드러낸다는 것은 어색한 일이었지만 막 말을 배운 아이가 옹알이를 하듯 서로를 배워갔다. 기쁜 일이 생겼을 때, 우울한 기분이 들 때마다 우리는 마주 보고 앉아 지금 느끼는 감정을 상대가 이해할 수 있는 언어로 구체화했다.

곰곰이 얘기를 듣다 맞장구치며 신나 하기도, 때로는 든든한 지원군이 되어주기도 했다. 하지만 자신조차도 감당하지 못할 슬픔을 느끼자 그녀는 숨어버렸다. 그것은 그녀가 견디지 못할 좌절 앞에서 자신을 지키는 방법이었다. 같은 공간에서 매일

함께 보낸다는 것은 그녀가 가지고 있는 짐을 나도 짊어지겠다
는 약속이었다. 몇 번을 노크했지만 아무 대답이 없었다. 굳게
닫힌 방문이 무섭도록 낯설었다.

밤이 깊어지자 작은 방에서 들리던 울음소리도 잦아졌다.
내버려둬야 할지 아니면 방문을 열고 들어가 위로를 해줘야 할
지 판단이 서질 않았다. 아, 이토록 다른 우리가 함께 살아가고
있었구나. 문득 사랑이란 감정은 순간의 행복이 아니라 끊임없
는 의식 속에서 그 아름다운 자태를 지키는 것이라는 생각이
들었다. 펜을 들고 편지를 쓰기 시작했다.

말은 허상처럼 공기 중에 흩뿌려져 상대에게 닿기도 전에 사
라지곤 한다. 그래서 말은 때때로 외롭다. 글은 단단한 뿌리를
내리고 있어 시간이 흘러도 그 자리에 우두커니 서 있는다. 한
자 한 자 고민하며 편지를 쓰는 이 시간만큼은 오직 너를 위해
쓰고 있기에 글은 추운 겨울 두툼한 이불 속에서 느끼는 따뜻
함과도 같다. 곱게 접은 편지를 방문 틈으로 집어넣었다.

예전에 나 잠 못 자던 때 새벽에 갑자기 깨서 내일이 오는
게 무섭다고 너한테 그랬잖아. 그때 네가 안아주면서 괜
찮다고 누가 그랬냐고. 다 잘 될 거리고. 깼는지 자고 있

는지 모를 네가 했던 말이 고마웠어. 별말 아니었는데 그냥 듣고 있으니까 차분해지더라. 그래서 괜찮아졌는데도 계속 안겨 있었어. 네 슬픔이 시작한 곳엔 내가 없어도, 그 끝엔 함께 하고 싶어. 별거 아닌 말에도 서로에게 위안이 되는 사이가 되자. 네가 나한테 그랬듯이, 나도 너한테 그러고 싶어.

작은 방에 혼자 있는 그녀에게도 내 온기가 느껴지길 바라며 침대에 누웠다. 얼마나 지났을까 그녀는 내 옆에 누워 새근새근 잠이 들어 있었다.

숨소리가 들린다. 숨소리가 들린다는 것은 우리가 얼굴을 맞대고 있다는 뜻이기도 하다. 팔을 직각으로 세워 머리를 받치거나 베개를 받침 삼아 편하게 누워 있다. 고된 하루가 끝이 났다. 그리고 우린 서로를 쳐다보고 있다. 숨소리가 들릴 만큼 가까이 있다면 나의 눈은 자연스레 너의 눈동자를 바라본다. 숨을 느끼는 사이라면 너의 눈동자를 바라보는 일이 당연할지도 모른다.

그 눈동자를 보고 있으면 내가 너를 사랑하고 있다는 사실이 숨을 내쉬듯 자연스럽게 느껴진다. 숨소리를 가까이서 듣는다는 건 쉬운 일이 아니다. 그것은 갑작스레 입맞춤을 해도 된다는 무언의 합의이기도 하고 숨기고 싶은 그곳까지도 상대에게 보여준다는 확신이기도 한다. 그래서 내가 누군가의 숨소리를 듣고 있다면, 분명 새초롬하게 코를 골며 잠을 자는 아기이거나 하루에 적어도 한 번은 귓볼에 입을 대고 '사랑한다.'는 말을 건네는 사람일 테다.

얼굴을 가까이 맞대고 누워 있다. 들숨 한 번, 날숨 한 번. '내가 널 사랑하고 있구나.'라는 생각이 든다. 얼굴을 다시 바라본다. 적당히 데워진 바람이 볼 위에 앉는다. 숨소리가 들린다. 숨소리를 듣는다는 것은 그러한 일이다.

스며들다

우리는 다시 일상으로 돌아갔다. 그녀는 구멍 난 통장 잔고를 채우기 위해 휴일도 마다하지 않고 일을 했고, 닥치는 대로 글 쓰는 일을 시작했던 나는 인터넷 신문사의 인턴 기자로 밥을 벌어먹었다. 삶의 한 문턱을 넘어선 우리는 연인이라기보다 오랜 시간을 보내온 소꿉친구 같았다. 같은 공간에서도 서로의 영역을 존중하는 방법을 배워갔고 마치 한 사람인 듯, 두 사람은 각자의 인생에서 고군분투하며 '오늘도 고생했어.'라고 격려의 입맞춤을 건넸다.

요란한 벨 소리에 잠이 깼다. 밤샘 작업을 마친 뒤 택시를 타고 집에 오는 그녀에게서 걸려온 전화였다. 깨워서 미안한데 짐이 많으니 나와달라고 했다. 떠지지 않는 두 눈으로 쓰러질 듯 걸어가 골목 끝에 섰다. 졸음을 이기지 못하고 고개를 몇 번 끄덕이자 택시가 도착했다. 제대로 인사도 하지 못한 채 짐을 방에 놓자마자 침대로 빨려들 듯 쓰러져 눈을 감았다.

함께 지내게 되면 알려주고 싶지 않은 비밀을 나눠야 할 때가 온다. 한참을 앉아 있던 화장실의 불쾌한 향기일 수도 있고, 몇 달째 바뀌지 않은 통장 잔고일 수도 있다. 즐거운 일은 한없이 나누는 그녀였지만 힘든 일은 좀처럼 말하지 않았기에 애써 만든 웃음엔 언제나 나의 걱정이 있었고, 그 걱정을 관계에 대한 불안으로 느낄 수밖에 없었던 것은 나라는 생명체가 타고난 본능이었다.

그녀는 잠을 깨워서 미안하다고. 그리고 도와줘서 고맙다고 내 어깨를 살포시 주물러주었다. 아아, 너는 잘 모르는구나. 고마워할 사람은 나인데 말이야. 사소한 부탁 한 번 하지 않은 네가 처음으로 한 부탁에 기쁜 마음으로 전화를 받았는데. 꾸벅꾸벅 졸다가 너를 보자 무척 반가웠는데 말이야. 서로에 대한 고마움 한 가지씩은 각자가 간직해도 좋기에 나는 입을 열지 않고 그대로 잠이 들었다. 꿈속에 그녀는 무거운 짐을 낑낑거리며 들고 있었다. 굳게 잠겼던 문은 스르르 열렸다. 좁은 틈 사이로 빛이 스며들었다. 그 빛 사이로 그녀는 웃고 있었다.

세상이 좀 더 아름다워졌다

우산을 챙길까 머뭇거리게 되는 날씨였다. 아니나 다를까 한두 방울 떨어지던 빗방울은 타닥거리는 소리를 내며 무섭게 쏟아졌다. 카페에 앉아 비릿한 비 냄새를 맡으며 창밖을 보았다. 핸드백을 우산 삼아 바삐 뛰어가던 회사원이 시야에서 사라지자 아무도 거리에 나타나지 않았다. 카페에서 흘러나오는 잔잔한 음악 소리는 빗소리에 빨려 들어갔다. 그녀는 마치 큰일이라도 난 듯 말했다.

"오늘 실외기 점검해야 하는데……."

오늘 아침, 에어컨 실외기가 고장 나 A/S를 요청했고 오후로 예약이 잡혀 있었다. 찌는 듯한 늦여름, 비까지 쏟아지는 불쾌한 날씨에 도저히 집에 있을 수 없어 피난 오듯 근처 카페로 도망쳐 나왔다. 세차게 내리는 빗속을 뚫고 집에 가기 위해서는 편의점에서 우산을 사야 했다. 집에 쌓여 있는 편의점 우산을 떠올리니 괜히 짜증이 났다. 걱정 가득한 표정으로 밖을 쳐다보는 그녀에게 운을 뗐다.

"근데 우리 우산 안 가져왔는데 큰일이네……."

그녀는 '우리 다른 생각 하고 있어.'라는 듯한 눈빛으로 나에게 말했다.

"아니. 오늘 수리하러 오는데 비 오잖아."

말을 마치자마자 그녀는 전화를 걸었다. "기사님, 비가 많이 와서 힘드시면 내일 오셔도 돼요." 수리 기사는 그때 상황을 봐서 다시 연락을 주겠다며 전화를 끊었다. 오늘도 또 무더위 속에서 자야 하는구나. 부디 비가 그치길 마음속으로 바랐다. 나의 염원이 하늘에 닿았던 걸까. 집에 갈 시간이 되자 점점 빗소리가 옅어졌고 어느새 카페의 음악 소리가 들리기 시작했다. 돈이 굳었다는 생각에 조금 신이 나 짐을 챙겨 카페를 나섰다. 집에 도착할 때쯤 전화가 왔다. 비가 그쳤으니 오늘 실외기 수리하러 오겠다고.

그녀를 보자 수리 기사는 환하게 웃었다. 나는 대충 고개를 숙이고 방으로 들어갔다. 에어컨 수리가 끝났음에도 창문 너머에선 여전히 그녀와 수리 기사, 주인아저씨가 나누는 말소리가 들려왔다. 며칠 전에 실외기 점검을 받았는데 왜 이러는 거냐며 주인아저씨는 불만을 털어놓았다. 수리비를 깎아달라는 듯 은근히 압박하는 말투가 창문 너머까지 느껴지는데 기사는 오죽 난감했을까. 주인아저씨의 입장이 이해 가면서도 비 오는 날까지 수리하러 온 기사에게 너무한 것 같다는 생각이 들었다. 방은 시원한 에어컨 바람으로 상쾌했고, 나는 만족스러웠다. 그들의 언쟁은 나와 상관없는 일이었다.

에어컨 가까이 다가가 참았던 더위를 식혔다. 아직도 창밖에선 수리비 문제로 얘기를 나누고 있었다. 기사와 주인아저씨 사이에서 어찌할 줄 몰라 할 그녀가 생각나 슬그머니 고개를 내밀어 창밖을 보았다. 몇 차례 대화가 오간 뒤, 기사는 주인아저씨의 요구를 받아들였는지 "아…… 알겠습니다. 그럼 그렇게 해드릴게요."라고 말했다. 그리고 '아, 근데'라며 운을 뗐다.

"아, 근데 제가 이 가격에 해드리는 거, 여기 있는 아가씨 때문이에요."

그녀는 토끼 눈이 되어 기사를 바라보았고, 주인아저씨도 무슨 말이냐는 표정을 지었다. 기사는 손가락으로 하늘을 가리켰다. 비는 그쳤지만 먹구름이 낀 하늘. 기사는 고개를 조금 들어 아직도 한 방울씩 떨어지는 빗방울을 가리며 말했다.

"비 오는 날 전화까지 하면서 수리하기 힘들면 다음에 해도 된다고 한 고객은 처음이에요. 비가 오든 태풍이 치든 다들 에어컨 생각밖에 없거든요."

기사는 존중받는 기분을 느껴서 고맙다며 그녀의 손을 잡았다.

나는 조금이라도 소리를 내면 안 될 것처럼 숨죽이며 그 자리에 서 있었다. 창문 너머에서 얘기를 엿듣고 있는 내가 바로 비를 맞으며 고치든 말든 상관하지 않는 이들 중 한 명이었기 때문일까. 사람답게 살고 싶었는데, 사람답게 사는 건 분명 어려운 임이 틀림없었다. "실외기 다 고쳤어!"라고 웃으며 뛰어 들어오는 그녀가 무척 고맙게 느껴졌다. 나는 그녀의 눈으로 세상을 보기 시작했다. 그 세상은 좀 더 아름다웠다.

작은 방의 손님들

하루는 별다른 사건 없이 반복됐다. 번잡한 아침엔 오늘도 힘내자며 입을 맞추었고, 점심시간이 시작됐을 때쯤은 '맛있게 먹고 힘내!'라며 메시지를 보냈다. 먼저 퇴근한 사람이 저녁을 준비했다. 하지만 순례길에서 만난 우리는 평범한 일상 속에서도 늘 새로움을 갈구했다. 밥을 먹다 문득 여행을 좋아하는 우리가 반년 넘게 서울 밖을 나간 적이 없다는 사실이 떠올랐다.

행복하진 못하더라도 재밌게 살자 약속했건만 한 달짜리 건전지를 끼고 월급날을 기다리는 태엽 인형이 된 기분이 들었다. 그녀는 특단의 조치가 필요함에 격하게 동의했지만 숨 돌릴 틈 없이 살아가는 우리가 홀연히 떠날 수도 없는 노릇이었다. 하릴없이 매일 밤 구글맵을 켜고 다음에 갈 여행지만을 떠올리며 열심히 돈 벌자고 의지를 불태웠다.

에어비앤비(Airbnb)를 시작하자고 한 것은 그녀의 생각이었다. 작은 방은 옷방 겸 그녀의 우울 해우소(혼자 감정을 추스르는 곳)이었는데, 전시를 관두고 밤새 울었던 날부터 더 이상 그곳에서 혼자 있지 않게 되어 용도를 상실했다.

우리는 작은 방을 꾸몄다. 안 쓰는 서랍장을 엎어 침대 틀을 만들고 매트리스를 올렸다. 우리가 지내는 큰 방과 손님이 지내게 될 작은 방은 'ㄷ' 형태로 좁은 복도 하나를 두고 있었고 복도를 따라 부엌과 화장실이 있었다. 그 복도에 간이 테이블을 설치해 함께 밥을 먹을 수 있는 공간을 만들었다. 우리만의 공간에 누군가를 초대하는 일은 설레는 일이었다.

에어비앤비를 처음 게시했던 날, 그녀는 "아무도 안 오면 어떡하지……"라고 핸드폰 액정을 쳐다보며 소박한 걱정을 했다. 일상에 지쳐 에어비앤비를 잊어갈 때쯤 첫 알림이 울렸다. 호주에서 온 카누와 클레어. 그들이 우리의 첫 번째 손님이었다. 한국에 처음 온 이들에게 어디를 보여줄지, 무엇을 대접할지 우리는 밤새 리스트를 작성했다.

좁은 골목에 배낭을 멘 카누와 클레어가 서 있었다. 그들의 삶에 '군자동'이라는 단어가 추가될 것이라고 상상이라도 할 수 있었을까. 살짝 긴장하고 있는 듯한 카누와 클레어에게 흰

영한다며 인사를 건넸다. 그들은 활짝 웃으며 "안녕하세요."라고 말했다. 이 한 문장을 말하기 위해 공항버스를 타고 오는 내내 연습했을 생각을 하니 가슴이 뭉클했다. "이곳에서 지내면 됩니다."라며 방문을 열자 정말 좋다며, 최고라며 감탄사를 연발했다.

짐 정리를 하는 그들에게 혹시 괜찮다면 함께 서울을 둘러보고 싶다고 조심스레 물었다. 클레어는 한걸음에 방에서 나와 그래 준다면 정말 고맙겠다며 깊은 눈으로 우리를 바라보았다. 돗자리를 챙겨 한강에 갔던 날, 카누와 클레어는 소풍 나온 어린아이들처럼 즐거워했다. 한강 건너편에 가지런히 솟은 건물들을 보고 클레어는 아름답다고 말했고 카누는 저 건물에는 어떤 사람들이 있냐고 물었다. 그들은 한국 사람들의 삶에 관해 궁금한 것들이 많았다. 클레어는 뷰파인더에 눈을 가까이 대고 한강을 바라보았다. 치킨 무 한 통을 다 비운 카누는 코리안 피클이 최고라며 손을 쪽쪽 빨았다.

서툰 젓가락질로 힘겹게 김치 한 조각을 집었을 때, 그들은 천진난만하게 웃었다. 두툼한 삼겹살은 불판 위에서 지글지글 익어갔다. 클레어와 카누는 두 손을 나란히 무릎 위에 얹고 우리의 손짓을 기다렸다. 카누는 언제 고기를 뒤집어야 하는지 어떻게 아느냐고 똘망똘망한 눈빛으로 물어봤다. 한국인들은 어려서부터 고기 뒤집는 교육을 받는다는 대답에 카누는 역시 현지인이랑 여행을 해야 한다며 클레어를 쳐다보았다. 우린 웃음을 참지 못하고 터트렸다.

삼겹살 한 조각을 집어 호호 불고 있는 클레어에게 어떤 이유로 한국에 여행 왔는지 물었다. 그것은 사랑에 익숙하지 않은 사람이 왜 자신을 사랑하냐고 묻는 것과도 같았다. 클레어는 한국어가 가진 리듬이 좋다고 말했다. 한국어를 들을 때면 마음이 차분해져 여행을 오기 전 한국어 팟캐스트를 듣기도 하고, 한국어에 관심이 있다 보니 역사까지 공부하게 되었다고 했다. 내가 매일 뱉고 쓰는 한국어를 누군가는 애정을 가지고 한 글자 한 글자 알아가고 있었다.

내가 누군가에게 사랑받아야 하는 이유는 이미 내 안에 있었다. 옆에 있던 카누는 한국 영화를 좋아한다며 자신이 알고 있는 영화를 줄줄이 읊었다. 카누가 진한 호주 억양이 섞인 영어를 속사포처럼 쏟아낼 때마다 우린 클레어를 쳐다보았다.

클레어는 '알았어. 내가 해결해줄게.'라는 눈빛을 보내곤 카누를 툭툭 쳤다. "그 말은 호주 슬랭이잖아. 너는 다른 단어를 사용해야 해." 카누는 억울하다는 듯 "하지만 다들 알아 들었어. 맞지?"라고 우리에게 구조를 요청했다. 그녀와 나는 어깨를 살짝 올려 "미안. 사실 알아들은 척한 기아."라고 말하며 웃었다. 언어와 문화, 생김새가 다른 우리가 친구가 되기 위해서는 무엇이 필요할까. 그것은 분명 '네가 한 말을 이해 못 했어.'라는 한 문장이라고 생각했다. 그 문장 안에는 네가 다시 말해줄 것이라는 믿음이 있기 때문이다. 친구라는 단어 앞에서는 인종도, 언어도, 문화도 무색해질 뿐이다. 카누는 그럴 때마다 몇 번이고 다른 단어를 사용해 말해주었다.

4시쯤 집에 도착한다는 카누와 클레어가 오지 않아 공항버스 노선도를 계속 살폈다. 낯선 공간이 불편하진 않을지, 무더운 날씨에 잠을 설치진 않을지 걱정하며 그들과 보낸 일주일. 복도 하나를 두고 같은 공간에 있었음에도 문자를 보내 혹시 세탁기를 써도 되겠냐고 물었을 때, 마음 한구석이 알싸해졌다. 세탁기를 써도 되겠냐는 부탁이 그렇게 어려워 발만 동동 굴렀던 유럽에서의 내가 떠올랐다. 경험을 해본 사람만이 알 수 있는 일이 있다.

유럽 대륙을 도보로 횡단하면서 현지인 집에서 자는 일이 잦았다. 불편함과 두려움, '이들이 나를 어떻게 생각할까?'라는 걱정이 유난스럽게 느껴질 정도로 그 시간들은 소중한 경험이 되었다. 며칠간 그들과 머물면서 다른 부분을 발견하고, 다르다는 것을 인정하고 "그동안 잘 지냈습니다."라고 말했을 때, 나는 그들을 친구라고 불렀다. 종종, 친구들과 헤어지고 걷는 길이 무척 슬플 때가 있었다. 사람 체취가 사라져가는 것이 두려워 괜히 감상에 젖거나, 함께 찍었던 사진을 보았다. 내가 길을 걸을 때, 일상에 남은 그들은 어떤 기분이었을까. 갑자기 찾아온 낯선 이가 사라진 뒤, 가득 찼던 공간이 비었을 때 그들은 무슨 생각을 했을까. 손님으로서의 경험은 반쪽짜리였다. 나머지 반쪽은 해보지 않고는 결코 알 수 없는 것들이었다.

카누와 클레어가 떠나는 날, 정신없이 짐을 챙기는 그들을 보며 쩡한 마음이 들었다. 어수선하게 어질러졌던 방은 어느덧 깔끔하게 원래의 모습을 되찾았다. 그들이 지낸 체취가 빠지고, 우리가 알던 그 공간이 되었다. 슬며시 남긴 쪽지엔 '고맙습니다.'라는 서툰 한국어가 적혀 있었다. 그녀는 선물로 주고 간 작은 캥거루 인형을 껴안았다.

낯선 손님은 다시 낯선 공간을 남겨두고 떠났다. 그들은 여행을 떠났고, 우리는 일상에 남았다. 그들은 생경한 도시에서 새로운 경험을 하며, 우리를 잊어가겠지만 우린 그들을 그리워할 것 같다. 유럽을 횡단하고 있었을 때, 아주 오래전에 만났던 호스트에게서 연락이 오곤 했다. 지금은 어디쯤인지, 새로운 친구들은 많이 사귀었는지, 날이 춥진 않은지, 대수롭지 않게 생각했던 안부가, 그들의 진한 그리움이 되어 지금에서야 나에게 닿았다.

부산까지 자전거를 타고 간 클레어와 카누는 종종 사진을 보내왔다. 강이 보이는 정자에 앉아 밀짚모자 쓴 아저씨들과 함께 찍은 사진, 주황 찜질복을 입고 양머리를 한 사진, 부산역 앞에서 V자를 하며 웃고 있는 사진. 그들이 보낸 사진 몇 장으로 우린 그들의 여행이 어땠을지 상상했다.

카누와 클레어는 우리가 살아가는 이 땅의 어떤 얼굴을 만날까. 그들의 삶에 우린 어떤 기억으로 남겨질까. 몇 주가 흘러 카누와 클레어는 호주에 잘 도착했다고 사진을 보내왔다. 시드니의 코리아타운에서 소주병을 들고 찍은 사진이었다.

이제는 고기를 언제 뒤집어야 할지 알아 한국인 종업원 앞에서 능숙하게 고기를 뒤집었다고 신이 나 말했다. 우리는 반복된 일상 속에서 살고 있었지만, 그들 곁에 있는 것처럼 무언의 응원을 느꼈다. 함께했던 날들은 시간이 지난 후에야 행복했었다는 것을 깨닫게 된다. 그래서 순간을 기록하고 기억해야 한다고 사진 속 밝게 웃고 있는 그들을 보며 그녀가 말했다.

카누와 클레어가 떠난 뒤로 다양한 손님들이 방문했다. 교환 학생으로 온 미국 친구들, 허니문으로 서울을 방문한 필리핀 부부, 한국 드라마를 좋아하는 인도네시아 친구. 그녀는 매번 손님이 오기 전날이면 집 청소에 여념이 없었다. 짧은 손 편지에 작은 선물까지.

에어비앤비가 적성에 맞는다며 하루에도 몇 번씩 예약 리스트를 들여다보았다. 수입은 공과금을 내고 치킨 몇 번 시켜먹을 수 있을 정도로 미미했지만, 그마저도 손님들에게 한국 음식을 대접하느라 남는 것 하나 없었지만, 누군가의 웃음을 볼 수 있다는 것은 크나큰 기쁨이었다. 우린 군자동 10평 남짓한 집에서 세계를 여행하고 있었다.

우연이 맺어준 인연

　　마티스를 만난 건 작은 우연이었다. 유럽을 걷기 시작한 지 두 달, 체코의 국경을 넘어 어느 작은 마을을 지나고 있었다. 노란 들판 사이로 자전거를 타고 오던 그는 내 쪽으로 팔을 뻗어 하이파이브를 건넸고, 나도 지지 않고 팔을 뻗었다. 우리는 동시에 뒤돌아 '너 꽤 재밌는 녀석이구나.'라는 듯 서로를 보았다. 큰 배낭을 멘 이방인이 신기했던 걸까. 그는 얼마 가지 않아 되돌아왔다. 사람과 얘기하는 게 무척 오랜만이었던 난 묻지도 않은 말을 쉬지 않고 토했고 가만히 듣고 있던 그는 다짜고짜 자신의 집에서 자고 가라며 내 팔을 붙잡았다. 당황스러웠지만 안 될 게 뭐가 있냐는 마음에 그를 따라나섰다. 그렇게 난 납치되어 마티스와 하루를 보냈다.

　장작이 쌓여 있는 마당을 지나자 현관에 나온 마티스의 부모님이 나를 맞이해주었다. 매일 아침 정성스레 물을 줬을 것 같은 관엽식물이 곳곳에 있는 아담한 집이었다. 그들은 내게 점심은 먹었냐고 물었고 체코 전통 음식을 해주겠다며 소파에 잠시 앉아 있으라고 했다.

처음 보는 사내와 그의 가족. 이 상황이 낯설어 눈을 가만히 두지 못하자 아저씨는 기타를 연주하기 시작했다. 아주머니는 따뜻한 차를 가져왔고 집처럼 편하게 있어 달라며 내 옆에 앉아 연주를 감상했다. 마치 봄날의 길거리처럼 그곳은 무척 따뜻했다.

저녁이 되자 마티스와 시내에 나가 그의 친구들을 만났다. 외진 시골에서 외국인을 본 것은 처음일 텐데도 그들은 나를 오랫동안 알고 지낸 친구처럼 대해주었다. 긴장도 풀리고 흥이 돋자 맥주를 마셨다. 한 잔 두 잔, 이곳이 처음 와보는 타지라는 사실을 잊은 것은 맥주를 세 잔째 들이켰을 때다. 와자지껄한 웃음소리, 나를 걱정해주는 사람들, 눈이 동그래져 내 말에 귀를 기울여주는 이들. 오랜만에 느끼는 정다움이었다. 뭐라도 대접해야겠다 싶어 지갑을 꺼내려고 하자 그는 나를 막았다. 우리 마을에서는 스페셜 쿠폰밖에 쓰지 못하니 'Next Round'에 네가 사라는 말과 함께 활짝 웃었다. 그렇게 나는 밤새 지갑 한 번 꺼내지 못했다.

다음 날 느지막이 일어나 짐을 챙겼다. 배웅 나온 마티스에게 작별인사를 하고 배낭을 멨다. 마티스는 1,000킬로미터 가까이 걸어 밑창이 해진 내 신발을 뚫어지게 보더니 잠시만 기다리라는 말을 남기고 어디론가 갔다. 마티스가 내 앞에 내려놓은 것은 신발 한 켤레였다. 건강 챙기라고. 마티스는 내 어깨를 툭툭 치며 말했다. 여행을 하며 헤어짐은 늘 있던 일이었지만 괜히 뒤를 돌아보는 건 어쩔 수 없었다.

어제와 다를 게 없는 하루였다. 나는 홀로 길을 걸었고 습관적으로 혹시 두고 온 것이 있나 살펴보았다. 모두 제자리에 있었지만 중요한 무언가를 놓고 온 것 같았다. 다시 돌아가고 싶어 발걸음을 멈췄다. 그것을 찾으러 다시 돌아가야 할 것 같았다. 내가 건네는 손은 작별인사를 하기 위한 손인데, 나를 잡는 그 손들은 무척 따뜻했다. 손을 놓은 나는 온기를 간직했던 그 자리를 떠나지 못하고 서성였다. 등산을 좋아하는 마티스에게 한국에는 산이 많다고. 그러니까 다음에 꼭 오라고. 이제 내 라운드가 시작됐다며 이메일을 마쳤다. 그날은 생각보다 긴 밤이었다.

유럽을 횡단하며 종종 마티스와 이메일을 주고받았다. 혼자였던 나는 누군가와 이야기하고 싶을 때면 마티스에게 주저리주저리 털어놓았다.

'지금 국경을 넘어 새로운 곳에 왔어. 국경을 넘을 때면 네가 생각나. 친절한 사람들을 만났어. 그들과 재밌는 하루를 보냈어. 오늘은 50킬로미터를 넘게 걸었는데, 죽을 것같이 힘들었어. 이제 여행을 계속할 힘이 남아 있지 않아. 포기하고 싶어.'

그럴 때면 그는 '너는 지금 굉장한 일을 하고 있어! 기죽지 말고 언제나 앞을 똑바로 쳐다봐. 그게 네가 할 일이야.'라며 가족과 친구들의 사진을 보냈다. 어쩌면 서로의 존재조차 모르고 평생을 살았을 우리. 그럼에도 친구가 된 그를 떠올리면 인연이란 이런 것이 아닐까 한다.

마티스가 '인천'이라고 찍힌 비행기 티켓 사진을 보낸 건 마지막 더위가 몰려오던 늦여름이었다.

체코에서 온 여행자

　새벽 비행기를 타고 도착한 마티스는 공항 벤치에 고꾸라져 졸고 있었다. 툭툭 건드려 그를 깨우자 슬며시 웃으며 나를 바라보았다. 빨간 티셔츠에 헝클어진 금발 머리. 1년이란 시간의 공백을 메울 포옹을 하기도 전에 마티스는 배가 고팠는지 먹을 것을 먼저 찾았다. 뭐가 좋을까 고민하다 여러 음식이 있는 푸드코트에 갔고, 마티스는 수십 가지 메뉴를 천천히 하나씩 살펴보다 비빔밥을 주문했다.

　허기가 졌던 나는 음식이 나오자마자 전투적인 자세로 식사에 임했다. 한참을 정신없이 먹다 문득 고개를 들었을 때, 어색한 젓가락질로 밥과 야채를 간신히 입에 넣고 있는 녀석과 눈이 마주쳤다. 비빔밥을 처음 본 마티스에게 밥과 반찬을 비벼 먹는 문화가 익숙하지 않았던 것이다. 아차 싶은 마음이 들었다. 나는 먹는 법을 재빨리 알려주었고 마티스는 그제야 숟가락을 들고 허겁지겁 밥을 먹기 시작했다.

낯선 나라에서 힘들게 주문했던 음식. 어떻게 먹는지 몰라 주변을 살피며 끙끙대며 먹었던 기억이 떠올랐다. 물어보자니 바보가 된 기분이 들어 눈치를 보며 식사를 마쳤었는데, 마티스의 기분이 그때 나와 같았겠지. 그 기분을 잘 알면서도 배려해주지 못하다니, 기억이란 어쩔 수 없이 희미해지기 때문일까. 여행에서 배웠던 작은 교훈들은 한국에 오자 빠르게 잊혔다. 그때의 기분을 조금이나마 다시 느낄 수 있는 건 나의 고향을 여행하는 이방인을 만났을 때였다. 마티스와 나는 공항을 나섰다. 마티스는 "진짜 한국이다."라고 입을 뗐다.

마티스는 항상 '한국에서 처음으로 하는'이라는 수식어를 붙였다. 직장인이 붐비는 식당에서 밥을 먹을 때도, 시원한 에어컨 바람이 나오는 지하철에 오를 때도, 거대한 빌딩이 즐비한 거리를 지날 때도 마티스는 항상 '한국에서 처음 하는 일'이라면서 해맑게 웃었다. 길을 가다가도 갑자기 멈춰 서서 사진기를 꺼냈다. 내가 보기엔 평범한 길거리인데도 마티스에겐 남기고 싶을 만큼 소중한 공간이었다.

소중함이란 절대적인 것이 아닌 지극히 상대적인 것이라고. 녀석 덕분에 내게도 이 길에 대한 이야기가 생겼다. 공간이라는 것은 사람들이 나누는 비밀 이야기였다. 헤어진 여자 친구와 걸었던 길, 부모님과 처음 나들이를 왔던 곳, 빨개진 얼굴로친구들과 어깨동무를 하곤 "우리 진짜 성공하자!"라고 소리쳤던 장소. 남들이 보기엔 상점들이 빽빽이 늘어서 있는 시시한곳이지만 내겐 비밀스러운 이야기가 있었다. 그래서 그곳들을 걸으면 문득 한 걸음 늦어졌다. 그 이야기를 읽느라, 혼자서 슬며시 웃느라 한 걸음 뒤에서 걸었던 나를 생각했다.

서울을 어서 둘러보고 싶은 마티스의 허기진 욕망을 채워주기 위해 나는 여행지를 급하게 찾았다. 외국인이 보는 서울은어떤 곳일까. 그저 일터라고 생각했던 내게 여행지 서울은 생소했다. 서울의 진짜 모습을 보고 싶냐는 물음에 마티스는 격하게 고개를 끄덕였다. 북촌에는 많은 관광객이 있었다. 내겐 이제 익숙한 곳. 그들은 무엇을 보기 위해 서울에 왔을까.

정갈한 돌담길을 따라 한복을 입은 무리가 사진을 찍고 있었다. 마티스는 성큼성큼 그들에게 다가가 사진을 같이 찍어도되냐 물었고 그들은 흔쾌히 승낙했다. 이성을 향한 맹렬한 본능은 어쩔 수 없는 수컷의 숙명이라고 생각하고 있던 찰나 마티스가 그들에게 서툰 한국말로 감사의 인사를 건넸다. 그리고그들은 홍콩에서 왔다고 당황해하며 손을 저었다. 머리를 긁적이며 내게 돌아온 마티스는 왜 외국 사람이 한국 전통 의상을 입고 길거리를 활보하느냐고 물었다.

작년, 독일의 옥토버페스트 축제가 떠올랐다. 수많은 독일 친구들이 독일 전통 의상을 입고 지하철에 오르는 모습을 보고 이질감을 느꼈다. 전통 의상을 입고 거리를 걷는다는 것은 내게 친숙하지 않았다. 오래된 문화란 생각에 '한복'은 그저 단어에 불과했다. 익숙하지 않았던 것이 익숙해지고, 익숙했던 것이 익숙하지 않게 되는 것이 여행이다. 그런 의미에서 마티스는 한복을 입은 외국인들이 낯설었고 나는 가끔 보이는 한복을 입은 한국 사람들이 고마웠다. 아, 이것도 여행이 주는 것들 중 하나겠지. 마티스와 함께 서울을 걸으며 미처 몰랐던 고마움을 하나둘씩 주머니에 넣기 시작했다.

청계천을 따라 걷는 길 내내 마티스는 흥분에 휩싸여 몇 걸음 걷다 사진기를 들기도 하고, 서툰 한국어로 가판에 앉아 있는 상인들에게 이것은 무엇이냐고 자못 진지하게 묻기도 했다. 마티스는 상점 앞에 앉아 부채질을 하는 어르신을 보고 고개를 숙였다. 어르신은 부채를 뻗어 마티스의 어수룩한 목례에 답했다. 북적거리는 광장시장에 들어서자마자 마티스는 쉴 새 없이 셔터를 눌렀다. 마티스가 얼마나 많이 사진을 찍느냐에 따라 만족도를 알 수 있었다. 직설적으로 감정 표현을 하는 서양 친구들과 달리 마티스는 동양사람 특유의 '배려하기'가 발달하여 지루하더라도 매번 굉장하다고 말했다.

그는 마치 보물섬에서 허겁지겁 보물을 담는 해적처럼 사진을 찍었다. 마티스가 카메라를 더 많이 꺼내는 날엔 덩달아 나도 신이 났다. 더 많이 알려주고 싶어 몰래 공부도 했다. 한국이 싫다 싫다 해도 어쩔 수 없는 한국인이라고 광장시장의 역사를 찾아보던 나는 괜스레 웃음이 나왔다.

우리의 삶을 아름답게 하는 것

산을 좋아하는 마티스에게 한국의 빼어난 산들을 소개할 예정이었으나 짧은 일정에 알맞은 산이 없기에(산에 미친 남자 마티스는 해발 2,000미터부터 '등산'이라고 여긴다.) 가장 가까운 인왕산에 가기로 했다. 1시간 남짓한 짧은 코스였는데도 몇 걸음 옮기자 금세 온몸의 땀구멍은 두 팔 벌려 세상을 향해 울부짖었다. 오후 느지막이 오른 산은 금세 어두워졌다.

벌써 정상에 도착해 숨을 돌리고 있던 마티스는 땀을 닦는 나를 보자 하루에 몇 십 킬로는 거뜬히 걸었던 너는 어디 갔냐고, 그간 무슨 일이 있던 거냐고 장난스레 물었다. 나는 헥헥거리며 한국에 돌아와 짊어져야 할 책임의 무게가 늘어 이렇게 되어버렸다고 얼렁뚱땅 답했다. 마티스는 이해한다는 듯 고개를 끄덕였다.

정상에 앉아 불빛으로 수놓은 서울을 바라보았다. 우리는 대화를 나누진 않았지만 평온한 고요를 즐기며 각자의 감상에 잠겼다. 가끔은 외국어가 유용할 때가 있다. 자세한 속사정을 모두 담지 않아도 뜻이 통하는 편리함. 손짓과 표정으로도 상대방의 의중을 파악할 수 있는 간편함. 빈약한 단어로 겨우 뱉은 말을 이해한 상대를 보고 기쁜 마음에 손뼉을 마주친다.

우리는 외국어를 쓰며 상대를 이해한다. 하지만 같은 언어를 사용하는 우린 종종 서로의 속마음을 오해한다. 너무도 잘 알고 있어서, 부족함이 없다는 생각에 이해의 몫을 상대에게 떠넘긴다. 완전해 보이는 문장에는 상대방을 이해하고자 하는 노력이 들어갈 자리가 없다. 외국어는 불완전하다. 그렇기 때문에 빈자리는 항상 노력의 몫이다.

체코와 한국의 역사는 주어만 바꿔도 어색하지 않을 정도로 비슷한 아픔을 가지고 있다. 강대국 틈에서 숱한 침략을 받았던 체코에서 자란 마티스는 한국의 역사에 관심이 많았다. 별생각 없이 갔던 나들이가 부끄러울 정도로 전쟁기념관은 경건했다. 한국전쟁에 참전했던 국가들을 추모하는 비석을 보고 마티스는 체코가 없다고 아쉬워했다.

그때는 우리가 적이었지만 이제는 한국의 친구를 보러 놀러

오는 사이가 되었다고 너스레를 떨며 추모비에 새겨진 글을 마저 읽었다.

전쟁기념관을 왔던 적이 언제였던가. 어렸을 때의 희미한 기억을 더듬으며 나도 모르게 안내 책자를 보기 시작했다. 서울의 관광지 어딜 가나 관광객들이 있었지만, 왠지 모르게 전쟁기념관에 있던 외국인에게 눈길이 한 번 더 갔다.

한국의 전쟁사를 천천히 읽고 계시던 외국인 할아버지와 자주 마주쳤다. 그는 중절모를 손에 쥔 채 한국의 역사를 한참 들여다보았다. 돌이켜보면 외국을 여행할 때 나는 기념관에 들어가 후다닥 사진만 찍고 나왔었다. 진득하게 그 나라의 역사를 읽기엔 시간이 부족하다는 핑계였다. 그 나라를 잘 알게 되었다는 애틋함보다 그곳에 갔었다는 사실이 더 중요했다. 백발이 희끗한 할아버지가 오래 자리를 지키면 나도 그 자리를 떠날 수 없었다.

나와 그녀가 일을 하고 있는 동안 마티스는 혼자서 동네를 돌아다녔다. 산책을 마치고 온 마티스는 떡볶이 봉지를 테이블에 내려놓고 한국 사람들은 왜 영어를 잘하냐고 불쑥 물었다. 길에서 만난 사람, 작은 슈퍼마켓 주인, 어린 학생들까지 그가 말을 걸었을 때, 적어도 영어 단어 하나쯤은 뱉을 수 있다는 게

놀랍다고 말했다. 체코의 경우 관광지를 조금만 벗어나도 영어를 아예 하지 못하는 사람이 대부분인 것과 비교했을 때 마티스가 충분히 놀랄 만했다.

어떤 대답을 해줄까 고민하다 '언어 식민지'에 관한 얘기를 해주었다. 한국 전쟁 이후 기지촌에서 시작된 달러 경제. 미국의 영향권 안에서 영어사전을 뜯어먹으면서 배워야 했던 부모님 세대. 아이들에게 한글보다 영어를 먼저 가르치는 사회 분위기. 영어를 잘하느냐 못하느냐로 자신의 가치를 결정하는 사람들. 그렇기에 한국 사람들 앞에서 영어를 뱉었을 때 부끄러움은 '혹시 저 사람이 내가 영어를 못하는 걸 알고 얕보면 어떻게 하지.'라는 두려움이 되었다.

흥미롭다는 듯 눈을 번뜩이는 마티스에게 체코 사람들과 영어로 대화하는 것이 부끄럽냐고 물었다. 마티스는 당연하다는 듯 그렇다고 답했다. '부끄럽다'의 의미를 모국어를 쓰지 않아 부끄럽다고 이해했던 것이다.

우리는 배경을 기준으로 우리의 가치를 평가하는 데 익숙해졌다. 어떤 집에 사는지, 어떤 회사에 다니는지, 어떤 학교를 나왔는지. 그래서 그것을 얻지 못했을 때 항상 부끄러움을 느낄 수밖에 없었다. 마티스는 10년 전에나 썼을 것 같은 작고 오래된 핸드폰을 들고 다녔다. 명동 한복판에서 마티스는 낡은 핸드폰을 꺼내더니 "이 사람들이 나를 보면 생각할까?"라고 말했다. 그러곤 "아마 타임머신을 타고 왔다고 생각하겠지?"라며 껄껄 웃었다.

녀석이 체코 전통 노래를 알려준다며 노래를 불렀을 때가 생각난다. 알 수 없는 언어였지만 무척 아름다웠다. 노래를 부르는 마티스는 자신감에 차 있었다. 그 자신감은 그가 가진 돈도, 배경도, 외모도 아니었다. 단지 그가 마티스라는 것, 체코에서 태어나 체코 언어를 구사하는 체코 사람이라는 것 그 자체였다. 그녀와 나는 마티스와 지내는 동안 삶에 대해 생각했다. 단순히 돈을 벌고 소비하는 것 외에 우리가 할 수 있는 일은 무엇인지. 어떤 것이 우리 삶을 아름답게 만드는지. 어떻게 그 아름다움을 물려줄 수 있을지 고민했다.

다음에 우리가 다시 만날 땐

한바탕 물장난을 치고 그늘 아래서 쉬고 있는데 멀리서 조개껍데기를 주우며 바닷가를 거닐고 있는 그가 보였다. 고향에 있는 친구에게 주고 싶다며 주운 조개껍데기들. 마티스는 수줍은 듯 미소를 띠고 조개껍데기들을 우리에게 보여주었다.

1년 전 마티스와 그의 친구들을 만났던 날, 마티스는 키르기스탄(Kyrgyzstan)에서 가져온 기념품을 친구들에게 하나씩 건네주었다. 키르기스탄 가장 높은 산에서 주운 고운 돌멩이, 자신을 도와주었던 키르기스탄 친구에게서 받은 녹차. 내겐 쓸모없어 보이는 물건들이지만 마티스에겐 소중한 것들이었다. 나와 그 사람만 알 수 있는 이야기가 담긴 것. 그래서 소중한 사람에게 주고 싶은 것. 마티스가 체코로 돌아가 그의 친구들에게 조개껍데기를 주며 어떤 이야기를 들려줄지 무척 궁금했다.

그날은 모두가 말이 없었다. 금세 짐을 다 챙긴 마티스는 현관문을 나섰다. 어차피 곧 다시 볼 것을 알고 있으니 별로 슬프지 않다고. 애써 미소 짓는 그의 입꼬리가 파르르 떨렸다. 녀석은 거짓말을 잘하지 못했다. 분위기가 왜 이러냐고. 어서 가자고. 마티스의 어깨에 손을 올렸다. 우리는 각자의 거짓말에 속아 넘어가주었다. 공항으로 가는 길 내내 우린 드문드문 짧은 대화를 나누었다. 그 대화는 어색함을 깨기 위한 노력이라기보다 할 얘기는 많지만 무거운 마음으로 떠나고 싶지 않기에 아껴 하는 대화에 가까웠다.

차가운 기계음처럼 다음 비행기를 알리는 방송이 울려 퍼졌고 공항은 오는 사람과 떠나는 사람으로 번잡했다. 마티스는 "시간도 좀 남았는데 밥이나 먹을까?"라며 식당으로 들어갔다. 비빔밥을 시킨 마티스는 차분히 찬과 밥을 섞고, 크게 떠서 입에 넣었다.

"맛있다."

마티스는 고추장이 조금 묻은 입술을 닦으며 말했다.

출국장 앞에 선 마티스와 마지막 인사를 나눴다. 마티스는 웃으며 말했다. 다음엔 자신과 함께 살 사람과 오겠다고. 그다음엔 자신이 이룬 가족들과 오겠다고. 그래서 아이들이 함께 뛰어 노는 모습을 보자고 그렇게 늙어가자고. 나는 마티스를 안아주었다.

그와 보낸 긴 시간을 단숨에 건너간 것 같았다. 집으로 돌아와 마티스가 지냈던 방에 들어갔다. 곱게 개어놓은 이불을 들치자 조개껍데기와 편지 한 장이 있었다. 잊을 수 없는 시간들이었다고. 정말 고맙다고. 마티스가 집으로 돌아가 이런 이야기를 들려주겠구나. 바닷가에서 주운 조개껍데기를 건네며 우리 얘기를 들려주겠구나. 마티스에게 'Next Round'에서 보자고 이메일을 보냈다.

그냥 같이 살아가자

마티스가 떠나고 많은 변화가 생겼다. 반복된 일상에서도 작은 만족을 찾기 시작했고, 그렇게 하루를 오롯이 보내고 나면 잊고 살았던 희망이란 것을 느꼈다. 잠들기 전이면 침대에 누워 서로의 눈을 바라보며 하고 싶은 것을 이야기했다. 삶의 파도 속에서 잠시 미뤘던 것들, 단지 꿈이라고 생각했던 것들. 서로의 입에서 나온 작은 소망이 쌓이고 쌓였을 때, 우리는 확신할 수 있었다.

잠에서 깨 서로를 보며 우리가 아니면 우리로서 존재할 수 없다는 것을 느꼈다. 혼자 누워 잠들었던 밤엔 내일이 두려웠다. 혼자라는 사실에 종종 온 세상이 적이라고 느낄 때가 있었다. 같은 이불을 덮고 잤던 밤은 내일을 꿈꿀 수 있었다. 함께한다는 것은 온 세상이 나를 등질지라도 너만은 곁에 남아 있을 것이라는 믿음이었다. 그 믿음 위에 서 있는 우린 고개를 들고 세상을 바라볼 수 있게 되었다.

많은 시행착오를 거친 한 해였다. 우리에겐 꿈이 있었고 그것을 이루기 위한 열정도 있었다. 다만 삶의 배움을 노련하게 터득하지 못한 채 하루빨리 그 꿈에 닿기를 원했기에 우리는 자주 넘어졌다. 시행착오는 그 조급함에서, 혹은 특별해지고 싶었던 욕망에서 비롯됐을 것이다. 영화 〈쇼생크 탈출〉의 '어떤 새들은 깃털이 너무 아름답기 때문에 철창에 가둘 수 없어. 그 새들의 비상을 빼앗는 건 잔인한 짓이야.'라는 대사에 고개를 끄덕였다. 우린 우리를 아름다운 깃털을 가진 새라고 여겼다. 적어도 그렇게 믿고 싶었다.

그해 여름은 지독했다. 기대했던 첫 책은 만족스럽지 못했고, 몇 개월간 준비했던 전시가 무산되었다. 쥐어짜내듯 쏟았던 에너지는 허망하게 사라졌고 흙먼지 날리는 길 위에서 우린 갈곳을 잃었다. 꿈만 남은 젊은 남녀의 위태로운 동거. '괜찮아, 우린 할 수 있어.'라는 위로도 덧없이 흘러가는 시간 앞에서는 속수무책이었다. 끈적했던 여름, 나는 땀에 젖어 목이 누렇게 변한 티셔츠처럼 침대 구석에 처박혔다. 불면증에 걸렸고 사람들을 멀리하기 시작했다.

책을 내더니 변했다며 몇몇 사람이 떠나갔다. 나는 변명할 힘조차 없어 떠나가는 그들의 뒷모습을 바라보기만 했다. 그 누구로부터도 이해받을 수 없는 우울을 안고 있었다. 그것을 이겨내기 위해서는 스스로를 깎아낼 수밖에 없었다.

내 안엔 밝음과 어두움이 공존했다. 나는 그 어두움을 부정하기 위해 억지로 잠에 들었다. 내가 나를 잃어갈 때, 가장 가까이 있던 사람은 그 시간을 온몸으로 받아내야 했다. 새벽에 문득 잠에서 깨 소름 끼치도록 싫은 현실을 마주할 때면 "우리 얘기하자. 너무 무서워."라고 그녀의 어깨에 손을 올려놓았다. 우린 해가 뜰 때까지 대화를 나누곤 했다.

웃는 날보다 웃지 않는 날이 더 많았다. 그런 날엔 모든 것이 원망스러웠다. 어째서 나만 행복하지 않은 것인지. 왜 나만 이런 일을 겪는 것이냐며 누군가를 미워해야 했다. 새벽에 잠에서 깼던 날, 그녀는 말했다. 행복하지 않아도 돼. 행복해지려고 애쓰지 않아도 돼. 그냥 같이 살아가자. 나는 그때 혼자가 아니라는 것을 깨달았다.

좋은 일은 천천히 다가온다

한국에 돌아온 뒤에도 산티아고 순례길에서 만난 제
프 아저씨와 종종 이메일을 주고받았다. 그녀와 사랑하는 사이
가 됐다는 말에 나중에 기회가 된다면 우리가 함께한 모습을
보고 싶다고 했다. 그를 처음 만난 곳은 생장피에드포르라는
마을이었다. 그는 190센티미터가 넘는 키에 일흔이라고는 믿기
지 않을 체격을 가진 미국인이었다. 할아버지뻘임에도 불구하
고 여전히 그를 아저씨라고 부르는 이유는 육체적으로 무척 다
부졌기도 하지만 고민을 털어놓고 싶을 정도로 젊은 영혼을 지
니고 있었기 때문이다.

우리가 처음 대화를 나눈 것은 그다음 날이다. 론세스바예
스(Roncesvalles)에 먼저 도착한 나는 햇볕이 잘 드는 곳에 앉
아 무엇을 먹을지 고민하고 있었다. 곧이어 도착한 제프 아저씨

는 등산 스틱을 번쩍 들어 내게 인사를 건넸다. 그는 자신을 제프라고 불러달라고 했다.

그의 온화한 미소는 한눈에 봐도 그가 어떻게 살아왔는지를 짐작할 수 있었다. 우리는 맥주를 마시며 이야기를 나눴고, 오래 알고 지낸 사람처럼 그가 편하게 느껴졌다.

걸음이 빠른 제프 아저씨와 만나는 날이 잦아 나란히 길을 걷기도 했다. 그는 내가 걸어온 길에 대해 묻고 차분히 대답을 들어주었다. 놀람과 찬사를 보내며 앞으로 걸어갈 길에 대해 물었다. 한국에 돌아가면 글을 쓰고 싶다고, 여행을 더 하고 싶다고, 사랑하는 사람을 만나고 싶다고 했다. 하지만 확신이 없다고, 살고 싶은 삶이 있는데 불안하다고. 쓴웃음을 짓는 내게 그는 방긋 웃으며 말했다. 삶이란 흙먼지가 날리는 비포장도로를 걷는 것이라고. 그리고 언제든지 너를 쓰러트릴 수 있는 것들이 길 곳곳에 있다고. 그래도 걱정하거나 낙담하지 말라고. 나도 아직 그 길을 걷고 있으니. 커다란 배낭을 메고 걷고 있는 그의 뒷모습을 보면 차분히 위로받는 기분이 들었다.

제프 아저씨는 깊은 눈으로 나를 바라보았다. 그 눈은 숨겨진 내면까지도 내다보지만 좀처럼 그 깊이를 드러내지 않는, 오랜 시간이 쌓여야 가질 수 있는 눈이었다. 그와 얘기를 할 때, 나는 평소보다 말이 많아졌다. 누구에게도 말하지 않았던 소박한 꿈을 말한다든가, 오래전 트라우마를 조심스레 꺼내며 작은 해방감을 느꼈다.

그의 눈에는 나보다 먼저 삶을 살아본, 그리고 그 삶을 살고 있는 한 사람이 있었다. 산티아고 데 콤포스텔라에서 다시 만난 우린 둘러앉아 저녁 식사를 했다. 한 달간의 추억을 아낌없이 나누다 분위기가 무르익자 일행은 입을 모아 제프 아저씨처럼 늙고 싶다고 조심스레 말했다. 그것은 나보다 먼저 이 길을 밟아간 사람에게 보낼 수 있는 최고의 존경이었으며, 그가 지나온 길에 대한 축복이기도 했다. 그런 말을 들을 때마다 제프 아저씨는 쑥스럽다는 듯 웃었다.

그날도 출근하기 위해 7호선을 탔다. 목적을 위해 아무 감정 없이 움직이는 기계처럼 좌석에 앉았다. 살고자 하는 사람들 틈바구니에서 나도 살고자 매달리고 있었다. 그때 제프 아저씨로부터 메일이 도착했다. 오랜만에 뒷산에 올랐는데 우리가 생각났다며 사진이라도 몇 장 보내줬으면 좋겠다는 말로 시작하는 메일이었다. 화창했던 오후에 폭우가 내려 가족 나들이를 취소해야 했던 일, 변덕스러운 고객 때문에 잘 풀리지 않는 사업, 팀에 새로 합류한 멕시코 부자(父子)와 밤새 술을 마신 일.

그는 나른한 오후에 마주 앉아 커피를 마시는 것처럼 사는 얘기를 써내려갔다. 얼마 전 수술을 마친 아내가 이제는 괜찮아진 것 같다고. 좋지 않은 일은 갑작스레 나타나는데 좋은 일은 천천히 다가온다고. 너희는 잘 지내냐고. 요 몇 달 소식이 없어 걱정했다고. 옆에 앉아 있던 그녀가 작은 핸드폰 화면에 대고 "저희는 잘 지내고 있어요."라고 말했다.

제프 아저씨는 이메일을 끝내며 자신이 젊었을 때 좋아했던 말이라며 'Keep on Trucking'이라고 덧붙였다. 그것이 무엇이든 네가 선택한 길을 포기하지 말라는 뜻이었다. 그녀는 "다들 잘 살고 있구나."라고 말하며 내 손을 잡았다. 나는 고개를 끄덕였다. '산다'는 동사 앞엔 '함께'가 붙어야 한다고 생각했다.

삶의 결정적인 순간은 때로 지극히 평범한 일상 속에서 발견되기도 했다. 제프 아저씨가 보낸 메일을 다 읽었을 때 열차는 뚝섬유원지를 지나고 있었다. 창밖엔 짙푸른 한강이 보였고, 햇살이 열차 안을 가득 메웠다.

우리를 둘러싸고 있던 많은 것들이 바뀌었다. 그 변화는 우리로부터 시작되었다. 우린 그 말을 기다리고 있었을 것이다. 나에 대해 잘 알지 못하지만, 나를 전적으로 믿어주는 사람. 그 사람이 건네는 말 한마디. 그런 말들이 겹겹이 우리 곁에 머물러 우리 안에 움트는 꿈을 지켜주었다.

우린 차분히 좋은 일이 오기를 기다렸고 가을이 끝날 때쯤,

고민 끝에 독일에 가기로 했다. 그것은 분명 좋은 일이었다. 어쩌면 행복이란 것은 애초에 없었던 것 같다. 단지 수많은 좋은 일과 좋지 않은 일 가운데서 살아가고 있었을 뿐이었다. 좋은 일과 좋지 않은 일은 차례대로 혹은 불공평하게 다가왔다. 그럼에도 끈덕지게 살아갈 수 있는 이유는 누군가가 함께했기 때문이다. 깃털이 아름다울 필요는 없었다. 내 옆에 있는 이가 나와 같은 곳을 바라보고 있다는 사실을 알고 있다면 말이다.

그녀와 나는 재밌게 살자고 다짐했다. 젊었을 때 함께 나눌 수 있는 추억을 조금이라도 더 많이 만들자고. 좋지 않은 일은 분명 또 나타날 것이고 그때도 이겨내자고 서로의 어깨에 기대며 말했다.

생의 목적을 말하자면 더 많은 좋은 일을 곁에 두는 것이라고 하겠다. 우리가 좋아하는 사람과 함께 하루를 보내는 것. 그 사람의 미소를 보는 것. 그보다 더 좋은 일이 어디 있겠는가.

무거운 캐리어를 끌고 공항에 도착했을 때, 우리는 배웅 나온 이들에게 비장한 웃음을 띠고 인사했다. 그리고 어디든지 날아갈 수 있을 것 같은 자유로움으로 세상을 향해 발을 내디뎠다.

3 _____ 베를린, 새로운 시작

루저들의 살롱

낯선 언어가 웅웅거리는 길을 걸었다. 혹시라도 떨어질까 시장통에서 어머니의 손을 꼭 붙들어 맨 아이처럼 우리는 손을 꼭 잡았다. 시야에 들어오는 모든 것은 생소했고 심드렁하게 우리를 지나치는 사람들이 두렵기도 했다. 이곳에서 내가 알고 있는 것이라곤 그녀밖에 없다는 생각이 들자 서로에게 익숙하다는 것이 고마웠다.

우리가 지낼 집을 간신히 구해 그 집에 처음 들어왔던 날, 먼지 가득한 소파에 앉아 우리의 공간을 어떻게 꾸밀지에 대해 하루 종일 떠들었다. 금방이라도 떨어질 것 같은 창문, 오래된 침대, 페인트가 다 벗겨진 발코니. '좋은 집'이라는 기준과는 거리가 멀지만 편안한 곳이었다. 처음부터 우리 손을 거친다고 생각하니 더 정이 갔다.

그녀는 집안 구석구석을 돌아다니며 손볼 곳을 살펴보았다. 베란다 너머 보이는 커다란 나무에게 우리가 몇 번째 손님일지 궁금했다.

먼지를 쓸고 물걸레질을 했다. 누리끼리한 벽에 흰색 페인트를 칠했다. 집은 우리의 흔적으로 조금씩 덮여갔다. 콘크리트 드릴로 여기저기 구멍을 뚫어 큰일 났다며 야단을 떨었던 날. 고무장갑을 끼고 전선을 잘랐던 날. "이제야 좀 사람 사는 집 같네."라고 말하기까지 돌이켜보면 그냥 지나간 날이 없었고, 저마다 표정이 있었다.

집안 곳곳을 둘러볼 때면 우리가 함께한 추억이 떠올랐다. 그 추억은 삶에 뒤처져 노곤하게 한숨을 내쉴 때면 등을 위아래로 쓸어주듯 만져주었다. 좋은 기분이었다. 퀴퀴한 냄새가 아직 빠지지 않은 방에 새로 산 가구들을 들여놓았다.

우린 다시 먼지 가득한 소파에 앉아 서로를 쳐다보았다. 그리고 아무 말 없이 웃었다. 그녀는 집 정리가 되는 대로 민박집으로 꾸미고 싶다고 했다. 좋아하는 사람들, 마음에 맞는 사람들, 밤새 수다를 떨어도 시간이 부족한 사람들을 초대해 함께하고 싶다고 했다.

매트리스만 덩그러니 있는 방 대신 거실 바닥에 이불을 깔고 잤던 날, 흰 촛불에서 퍼지는 은은한 불빛 아래 그녀와 나는 속

닥거리며 내일을 꿈꿨다. 그리고 이곳을 '루저들의 살롱'이라고 부르기로 했다.

나는 패티 스미스의 『저스트 키즈』를 떠올렸다. 패티 스미스가 그녀의 반려자 로버트와 함께 처음으로 낡은 아파트에 들어선 그날, 허름한 방 앞에서 어떤 기분이었을지 헤아려보았다. 훗날 세계적인 아티스트가 된 패티 스미스는 그 낡은 집에 자신의 친구들을 초대했다. 그들은 함께 그림을 그렸고, 글을 썼다. 때론 토론을 하고 술을 마셨다.

주류에서 벗어나 세상 물정 모르고 자신이 하고 싶은 일만 하는, 하지만 언젠가 내가 꿈꾸는 나의 모습이 될 것이라는 확신으로 살아가는 사람들을 위한 곳이었다. 그녀는 '루저들의 살롱'에서 보냈던 시간들을 가난했기에 행복했던 날이라고 말하며 그때를 회상했다. 우리도 시간이 흘러 백발의 노인이 되었을 때, '그땐 힘들었지만 행복했어.'라고 말할 수 있을까. 함께한 추억이 쌓여 만든 기억 속에서 행복할 수 있길 바라며 마지막 페인트칠을 마쳤다.

우리가 찾은 독일어 학원은 집에서 한 시간이 넘는 거리에 있었지만 다른 곳에 비해 한 달에 무려 20유로를 아낄 수 있었다. 우린 대단한 발견이라도 한 듯 학원 앞에 서서 승리의 세리머니를 펼쳤다. 정갈하게 머리카락을 넘긴 접수 담당자가 교재를 건네며 우리에게 물었다. "베를린에 온 지 얼마나 됐어요?" 그녀는 눈을 꿈뻑꿈뻑하더니 "저희…… 일주일…… 됐어요."라고 아슬아슬한 독일어로 답했다.

만나는 사람마다 우리에게 온 지 얼마나 됐냐 물었고, 다음 날에도 그다음 날에도 우린 일주일이 됐다고 말했다. 첫 수업을 마치고 잔뜩 긴장했던 탓에 잊었던 허기가 몰려왔지만 쉴 틈도 없이 전철에 올랐다. 가방을 뒤지던 그녀는 짐을 정리하느라 도시락을 못 쌌다며 혀를 빼꼼 내밀었다. 그러곤 하루가 지나면 반값으로 샌드위치를 파는 가게를 안다며 손을 잡고 그곳으로 향했다.

샌드위치를 씹으며 가구를 사기 위해 상점을 돌아다녔다. 다양한 사람들과 다양한 문화가 모인 곳. 우아한 골동품 가게를 지날 때면 근사한 파티에 초대받은 것처럼 사뿐히 거리를 거닐었다. 택시 요금을 아끼기 위해 발품을 팔았던 우린 해가 지고 나서야 새로 산 가구들을 짊어지고 기차역에 들어섰다.

땀을 흘리며 계단을 오르자 좀 떨어져 앉아 있던 할아버지가 우릴 보며 미소를 지었다. 우린 멋쩍은 웃음으로 답하며 가구를 내려놓았다. 할아버지는 우리를 보며 무슨 생각을 했을까. 그의 젊은 시절을 떠올렸을까. 어느덧 열차는 우리가 내릴

역에 도착했다. 우린 해가 지는 반대편을 향해 걸어갔다.

하루의 흐름을 정리할 때면 발코니에 앉아 멍하니 하늘을 바라본다. 빨간 벽돌로 지은 학교에선 아이들의 함성소리가 들리고, 기지개를 켜고 있는 이웃과 인사를 나눈다. 그리고 다른 집들의 발코니가 보인다. 초록 잔디에 갖가지 화분들이 놓여 있는 곳도 있고, 회색 시멘트에 해먹과 흔들의자가 있는 곳도 있다.

햇살이 가득한 낮에 책을 읽는 사람, 저녁이 되면 사랑하는 사람과 와인을 마시는 사람. 이곳에는 같은 공간도, 같은 사람도 없다. 모든 공간은 그들이 살아온 이야기였다. 밥을 먹자고 나를 부르는 그녀에게 "잠깐 같이 앉아 있자."라고 말하며 의자 하나를 옆에 두었다. 우리는 우리의 이야기 속에서 살고 있었다.

우리는 그 속도만큼 행복했을까

　　시기를 놓친 모델하우스처럼 썰렁했던 '루저들의 살롱'
도 제법 집다운 면모를 갖추게 되었다. 학원이 끝나는 대로 집안
을 채울 가전제품이며 조리 기구를 찾아 오랜만에 마당에 풀린
강아지처럼 이곳저곳 기웃거리며 베를린 시내를 쏘다녔다. 우리
에게 베를린이란 거대한 흰 도화지였다. 우리는 붓을 들었고 무
엇을 그려넣을지 머리를 맞대고 고민했다. 하지만 그 시간들이
마냥 즐거웠던 것만은 아니다.

　공간이라는 물리적 변화에 대한 적응은 새로움에 대한 호기
심으로 금세 나아졌지만, 오랜 시간에 걸쳐 축적돼온 문화는 단
시간에 따라갈 수 있는 일이 아니었다.

　슬로베니아에서 가정을 꾸린 영하 형은 독일에 온 것을 축하
한다며 한국인은 역시 밥심 아니겠냐고 전기밥솥을 보냈다. 고

대하며 전기밥솥을 기다렸지만 세 번의 반송 끝에 한 달 만에 국경을 넘어 베를린에 도착했다. 배송지를 어학원으로 고쳐 쓰고 나서야 밥솥을 받을 수 있었다. 한 달간 냄비 밥을 하며 집에 사람이 없으면 반송시켜버리는 악명 높은 독일의 DHL을 몸소 체험한 것이다. 하루면 대문 앞까지 배달이 되는 문화에 익숙한 내겐 혹독한 신고식이었다. 우리는 불평했고, 화가 났으며 결국엔 좌절하고 받아들이자며 위로했다.

베를린의 시계는 한 달 단위로 움직인다. 고장 난 초인종을 고치기 위해 수리기사를 불러달라고 요청했다. 그 요청이 집주인에게 전해지기까지 일주일, 수리기사에게까지 일주일. 그리고 수리기사가 집 문을 노크하기까지 이 주일. 무려 한 달이 지나 기사가 도착했다. 멜빵바지를 입은 넉살 좋게 생긴 아저씨는 초인종을 몇 번 건드려보더니 문제는 없는데 버튼을 교체해야 한다고 했다. 그러고는 다음 방문 때 새 버튼을 가져올 테니 다음에 보자며 가버리고 말았다. 그녀는 허탈한 표정으로 나를 바라보았다.

또다시 이 주일을 기다려야 했다. 새로운 문화에 적응하기까지 많은 시간이 필요할 것임을 직감하는 순간이었다. 한국의 시계에 맞춰져 있던 내게 이곳의 시계는 불편했다. 인터넷 설치부터 은행 계좌까지. 심지어 사소한 일처리도 한 달씩 걸렸다. 하루면 될 것을 어쩜 그리 느리게 처리하는지. 빠른 것이 최고라는 뼛속까지 박혀버린 시간에 대한 관념은 베를린에서 살아가는 나를 고통스럽게 했다. 뛰듯이 살아온 내게 가장 큰 형벌은 느리게 사는 것이다. 더디게 흘러가는 시간 동안 무엇을 할지 몰라 초조해진 나는 오히려 내가 게으른 것이라며 나를 비난했다. 그렇게 우린 한 달 만에 받은 밥솥을 들고 집으로 향했다.

베를린의 지하철엔 대부분 에어컨이 없다. 선풍기란 선풍기는 모두 품절된 더위 속에 에어컨 없는 지하철을 타는 일은 썩 기분 좋은 일이 아니었다. 그날따라 연착되었는지 플랫폼엔 발 디딜 틈도 없었다. 곧 전철은 도착했고 인파를 비집고 가까스로 올랐다. 양손엔 밥솥을 안고 땀은 비 오듯 내리고. 아마 누군가 "니하오"라며 저급한 농담이라도 던졌다면 버럭 소리를 질렀을 것이다. 도착까지 남은 역을 세고 있던 중 급기야 전철은 서행을 거듭하다 멈춰버렸다. 모든 승객들은 짧은 탄식을 뱉었고 뜨거운 입김이 안경에 서렸다. 그저 주저앉고 싶은 심정이었다.

곳곳에서 불쾌함이 어김없이 묻어나는 부채질이 시작되었다. 누군가는 눈을 감고 이 모든 상황을 인내하고 있었고, 누군가는 상대방과 팔뚝이 맞닿는 일을 피하기 위해 안간힘을 쓰고 있었다. 모두들 말이 없었지만 한 가지 생각뿐이었을 것이다. '어서 빨리 출발해.'라고.

열반에 든 부처님의 심정으로 밥솥을 안았다. 두 살배기 아이를 안은 여성이 아이의 보드라운 이마에 흐르는 땀을 닦아주기 위해 팔을 뻗었다. 우리가 자리를 조금 비키자 비좁은 열차 안에서 약간의 지각 변동이 생겼다. 그때 그 아이를 지켜보던 한 승객이 아이에게 부채질을 했다.

"어머 땀 흐르는 것 좀 봐. 이름이 뭐니? 이제 괜찮니?"

숨 막히는 전철에서 한 줌의 상쾌함을 느낀 아이는 방긋 웃었고 곁에 있던 승객들도 따라 부채질을 하기 시작했다. 땀을 삐질삐질 흘리던 승객도, 눈을 감고 있던 승객도 은은한 미소로 아이를 바라보았다. 금세라도 터져버릴 것 같던 열차 안엔 어느새 대화가 오갔다. 아이는 자신이 만든 풍경을 보고 만족하는 듯 천진난만하게 웃고 있었다.

행복과 시간은 어떤 상관관계가 있을까. '요즘 바쁘게 지내.'라는 말을 은근히 자랑삼았던 나는 행복했을까. 빠르게 흘러가는 시곗바늘 속에 살았던 나는 그 속도만큼 행복했을까. 이곳의 사람들은 느리게 살아왔다. 그래서 시간이 멈췄을 때, 어떻게 시간을 보내야 행복한지를 알고 있었다. 이것은 오랜 시간이 축적되어 완성된 축복이었다. 열차는 다시 달리기 시작했고 곧 역에 정차했다. 사람들은 환호성을 지르며 서로에게 고생했다고, 좋은 하루 보내라며 손을 흔들었다.

밥솥을 짊어지고 계단을 올라 긴 통로에 들어오는 순간, 바이올린 소리가 그곳을 가득 메웠다. 텅 빈 통로엔 나와 연주자만 있는 것 같았다. 한참을 서서 연주자를 바라보았다. 무언가에 이끌리는 듯 동전을 그 앞에 두고 왔다. 그녀는 "갑자기 왜?"라며 손을 잡았고 나는 "그냥 좋잖아."라고 그 손을 주머니에 넣었다. 가끔 말로는 도저히 설명할 수 없는 순간들이 있다. 그 순간들은 구태여 말로 설명할 필요는 없는 것이다.

처음 은행 계좌를 만든 날이 떠오른다. 깔끔한 정장을 입은 은행원은 우리를 방으로 안내했고 다과를 내주며 대화를 시작했다. 어디서 왔는지. 이곳은 잘 맞는지. 친구는 많이 사귀었는지. 단지 계좌를 만들러 왔을 뿐인데 후한 대접을 받은 것 같아 왠지 모를 긴장감을 느끼는 한편으로 '빨리 계좌만 만들어주면 되는데……'라는 불만이 생겼다.

그는 우리에 대해 물었다. 외국인으로서의 고충에 공감하기도, 자신도 어딘가로 떠나고 싶다고 부러움을 전하기도 했다. 문득 이런 다정한 대화는 무척 오랜만이라는 생각이 스쳤다. 다음에 또 보자며 악수를 하고 은행을 나섰다.

거리엔 각양각색의 사람들로 차 있었다. 그 속을 걸으며 거대한 베를린에서 익명의 존재로 살아가는 사람들에 대해 생각했다. 천천히 흘러가는 시간 속에서 익명의 존재들은 또 다른 익명의 존재에게 혼자가 아니라고 이름을 불러주고 있었다. 그날은 별다를 것 없던 날이었지만 생각이 난다.

느리게 사는 것의 좋은 점이라면 타인이 얼마나 빠른지 일일이 확인하지 않아도 된다는 것이다. 뼈마디마다 단단히 새겨진 불안함이 하루아침에 어디 가겠냐마는 언젠간 나도 멈춰버린 열차 안에서 아이를 위해 기꺼이 부채질할 수 있는 사람이 되지 않을까 한다. 우리는 이곳에서 어떤 사람이 될까. 누군가의 미소를 보고 미소 지을 수 있는 사람이 되면 좋겠다고 그녀는 말했다.

새로운 언어와 새로운 나

독일어는 딱딱한 억양과 무서울 정도로 잘 정돈된 문법을 가진 언어다. 독일어를 배우기 시작하며 독일인의 냉철할 정도로 합리적인 성격을 이해하게 되었다. 마치 하나의 언어에는 하나의 인격이 있는 것처럼 각기 다른 언어에 나의 성격도 조금씩 변했다. 사람과 사람 사이의 관계를 전적으로 언어에 의지하는 난 어쩔 수 없이 그 언어의 영향을 받았다. 거울 앞에 서서 어눌하게 독일어 단어를 뱉는 나에게 인사를 건넸다.

'한국어를 쓰는 김동하'에는 20여 년의 세월이 있다. 꽤나 보수적인 가정에서 자란 나는 전통과 문화를 중요시하며, 종종 타인의 시선과 체면을 불필요할 정도로 고려한다. 긴 시간 동안 한국어는 시기마다 다른 나를 만들었다. 동창을 만났을 땐 거친 부사를 쓰며 무서울 것 없이 살았던 사춘기 소년으로 돌아가고, 가족들과 함께할 땐 과묵하고 필요한 말만 하는 어엿한 장남이 된다. 타인을 배려한답시고 거절과 싫은 소리를 잘 못해 손해를 보기도 하고, 남들 앞에 나서기가 조금은 두려운 나는 언제나 떨리는 목소리로 인사한다.

여행을 하며 그 모습들에서 자유로워지나 싶었지만 인천공항을 밟는 순간, 저 깊은 곳에 숨어 있던 '나'들이 재빨리 등장한다. 아무리 해외여행을 많이 다닌다 한들 한국인만 보면 저절로 손이 모아지고, 고개를 꾸벅 숙이는 나는 어쩔 수 없는 한국인이다. '영어를 쓰는 김동하'는 정중하면서도 자신감이 넘친다. 호주에서 서빙을 하고 당근을 캐며 배운 영어기에 때론 버벅거리기도 하고 얼렁뚱땅 분위기 맞추며 대화를 넘기기도 한다. 똑바로 안 하냐고, 해고당하고 싶냐고 다그치는 매니저의 눈치를 살폈던 나는 능구렁이처럼 몰라도 아는 척, 알면 더 아는 척을 하며 나를 지킬 자존심을 쌓았다.

호주에서의 1년은 스스로 자신을 돌봐야 했던 시간이었다. 경계하며 매일을 보냈기에 영어를 쓰는 나는 독립적이고 나를 향해 다가오는 금발의 비행 청소년에 맞서기 위해 언제나 당당하다. 모든 문장의 주어는 언제나 '나'였고, 동사는 '나'의 결정에서 비롯됐다. 'We'보다는 'I'가 익숙해서일까. 그녀와 함께 외국 친구들을 만날 때면 그녀는 자신을 생각해주시 않는 것 같다며 나를 타박했다. 영어를 배울 때 'We'라고 시작하는 문장을 쓴 적이 없었다. 영어를 뱉는 내게 누군가 함께한다는 사실은 어색하기만 하다.

이제 독일어 단어가 들리고 글자가 보이기 시작한다. 그녀와 밤마다 공부를 하고, 학원을 가고, 친구들과 서툰 독일어로 대화를 한다. '독일어를 쓰는 김동하'는 '나'라는 주어를 사용하지 않는다. 우린 언제나 함께하고, 같은 결정을 내린다. 그래서 'Ich'보다 'Wir'가 편하다. 독일어는 1인칭 단수가 쓰는 동사와 1인칭 복수가 쓰는 동사의 형태가 다르다. 나와 우리가 확실하게 구별되는 것이다. '1인칭 복수로 독일어를 배운 김동하'는 어떤 사람이 될까. 우리를 생각하는 사람이 될 수 있을까. 함께 배우는 새로운 언어는 나를 어떤 사람으로 만들어줄지 궁금하기만 하다. 한국어는 동사를 문장의 가장 마지막에 배치함으로써, 말하는 동시에 상대방의 기분을 헤아리며 동사를 바꾼다고 한다. 한국어의 말하기 방식은 내가 가진 성격의 토대가 되었다.

말을 하는 동시에 상대를 생각함은 사려 깊은 배려가, 때로는 뒤돌아서 '말했어야 하는데'라는 후회가 되었다. '나'를 규정하는 것은 타인을 만났을 때 결정된다. 그리고 '나'와 '타인'을 구별 짓는 것은 자신의 언어다. 결국 우리가 얼마나 많은 언어를 가졌는가는 얼마나 다양한 사람이 될 수 있는가를 보여주는 것이 아닌가. 자신을 바꿀 수 있는 지름길은 세간에 떠도는 처세술이 아니라 자신만의 언어를 쓰는 것, 그리고 그 언어 안에서 새로운 나를 만드는 것이라 믿고 있다.

시간이 지나면 프랑스어를 배우고 싶다. 그리고 스페인어를, 기회가 된다면 일본어도 공부해보고 싶다. 동사를 맨 앞에 쓰기도 하고, 맨 마지막에 쓰기도 하고, 때론 중간에 넣기도 하며 다양한 사고로 세상을 만나고 싶다. 돌이켜보면 영어를 막 배우기 시작했을 때, 앞뒤 안 맞는 영어로 외국인 친구들과 대화를 나누고 난 후 알 수 없는 즐거움을 느낀 적이 종종 있었다. 삶이 그렇게나 지루했던 까닭은 터져 나오는 가능성들을 단 하나의 언어에 담으려고 했기 때문은 아닐까. 우리는 하나의 언어로 자신을 규정하기엔 너무도 큰 존재였다. 무한한 가능성을 향해 우린 힘껏 팔을 벌렸다.

우리라서, 우리뿐이라서

밀린 다이어리를 방학 숙제하듯 몰아 쓰며 정신없이 베를린 생활에 적응해 나갔다. 입체주의 화가의 역작처럼 해괴해 보였던 지하철 노선도도 어느덧 익숙해져 매일 앉는 자리가 생겼다. 입 밖으로 나오기까지 대단한 용기가 필요했던 독일어도 "저는 이걸 사고 싶어요. 감사합니다. 다음에 또 봐요."쯤은 거뜬히 말할 수 있게 되었다. 이제는 해가 진 거리를 걸으면서도 발걸음이 빨라지지 않고 어릴 적 와본 곳처럼 천천히 주위를 둘러본다. 가끔 이방인에 대한 냉랭한 시선을 느끼면 '나는 여기서 환영받지 못하는 건가.'라고 어깨가 움츠러 들던 예전과 달리 '저런 사람도 있구나!' 하며 웃어넘긴다.

학원을 마치고 집에 돌아오면 다섯 시가 조금 넘는다. 오후

다섯 시, 발코니에 앉아 교회 첨탑을 바라보는 일도 오래전부터 해왔던 일처럼 자연스럽기만 하다. 한 달 동안 많은 일들이 있었다. 집주인과 친해져 가끔 그가 여는 파티에 다녀오기도 하고, 학원 친구들과 한식을 만들어 먹기도 했다. 일요일이면 그녀는 침대에 있는 나를 달달 볶아 벼룩시장으로 향했다. 오래된 접시들, 표지가 갈라진 책들. 그 사이를 종횡무진하며 '루저들의 살롱'에 데리고 갈 친구들을 찾았다. 베를린에는 군데군데 우리의 발이 닿은 곳도, 이름만 들어봤을 뿐 아직 어딘지 모르는 곳도 있다. 익숙함과 새로움 그 사이 어딘가에서 우리는 베를린을 곁눈질로 흘겨보고 있었다.

지난주에는 호주에서 만난 캐나다 형의 결혼식에 참석했다. 형은 진즉 독일에 와 자리를 잡고 독일인 여자 친구를 만났었다. 내가 독일에 왔다는 소식을 듣자 이것은 운명이라며 청첩장을 보내왔다. 그녀와 나는 캐리어를 뒤져 면접을 위해 가져왔던 정장을 입었다. 비행기를 타고 기차를 두 번이나 갈아타 도착한 변두리 시골 마을. 작은 공원에서 열린 결혼식은 영화 속에서나 봐왔던 푸른 눈의 친구들의 행사였다.

우린 처음 체험해보는 서양 문화를 사진으로 남기느라 분주히 움직였다. 내가 그들의 문화를 이질적이게 느끼듯 그들도 나를 백여 명의 독일인 사이에 홀로 있는 동양인으로 느꼈을 것이다. 뒤통수가 따끔거리는 곁눈질을 받을 때면 여기서 우리둘만 동양인이라고, 그래서 부담스럽다고 그녀를 툭툭 쳤다. 그건 상관없다고, 너무 신경 쓰지 말라고 그녀는 대꾸하며 하얀천막으로 만든 결혼식장을 바라보았다. 누군가에겐 아무 일도아닌 것이 누군가에겐 무척이나 큰일처럼 느껴진다.

식이 끝나자 기다렸다는 듯이 파티가 시작되었다. 하객들은스테이지에서 춤을 췄고, 머쓱해하는 우리에게 다가와 같이 춤을 추자고 손을 내밀었다. 그녀 말대로 우리가 유일한 동양인인 것과는 상관없이 모두들 친절했으며, 신부 측 부모는 멀리서 온 우리를 더 신경 써주는 듯했다. 신부의 어머니와 춤을 추고 온 그녀는 정말 좋은 분들이라고, 오길 잘했다며 무언가 중요한 것을 발견한 탐사대원처럼 말했다. 그들은 좋은 사람들 같아 보였다. 하지만 그 각별한 애정이 '우리'라서가 아니라 결혼식에 참석한 외국인 손님이기 때문임은 댄스파티가 끝나고 알게 되었다.

결혼식에 오기 전, 캐나다 형은 멀리서 오는 우리를 위해 잠잘 곳을 마련했으니 걱정 말라고, 그리고 아침 일찍 기차역까지 태워주겠다고 했다. 시골에서 열린 결혼식에 참석하는 우리로서는 전적으로 형에게 의지할 수밖에 없었다. 하지만 형도 연고지 없이 홀로 외국에서 결혼하는 신세였다. 결혼식에 관한 모든 결정 권한은 신부 부모가 쥐고 있었다.

우리에게 했던 약속들은 형의 불찰로 신부의 부모에게 전달되지 않았고, 그 사실을 몰랐던 우리는 이제 자러 가야 하는 거 아니냐며 눈치를 살폈다. 형은 파티가 끝나고 뒤늦게 그들에게 사정을 설명했다. 열띤 흥분이 싹 가라앉은 자리엔 차디찬 이성만이 남아 있었다. 멀찌감치 떨어진 곳에 서 있던 나는 달갑지 않은 소식을 자정에 듣게 된 그들의 난처한 표정을 보았다. 아니, 귀찮아하는 표정이라고 해야 맞겠다.

새벽 한 시, 하객들은 모두 집으로 떠났다. 오늘 즐거웠다고, 결혼 축하한다고 인사를 건네고 떠나는 이들을 지켜보았다. 텅 빈 홀에는 미러볼이 요란하게 돌아갔고 우리는 우두커니 서서 그들의 결정을 기다렸다. 반듯하게 차려입은 셔츠가 민망할 정도로 식장은 휑했다. 눈치 없이 밤늦게 찾아간 친구의 신혼집에서 그들이 대접해주는 식사를 기다리는 기분이었다. 신부의 부모는 눈길 한 번 주지 않고 등을 돌렸다.

캐나다 형은 연신 미안하다며 우리 곁을 떠나지 않았다. 독일인들은 원래 갑작스러운 약속을 못마땅해한다며 캐나다녔다면 절대 이러지 않을 것이라고 기어 들어가는 목소리로 말했다. 그 역시도 여기선 이방인일 것이다. 다 너 때문이라고 고함치는 신부 앞에서 기죽어 있는 그에게 우리는 괜찮다고, 다시 봐서 즐거웠다며 가지고 왔던 선물을 건넸다. 그의 손엔 오색의 한지로 싸인 부채가 초라하게 들려 있었다.

우린 결국 그들이 불러준 택시를 타고 가까운 기차역으로 향했다. 캐나다 형이 약속했던 그 집은 이미 다른 하객들로 꽉 찼고, 우리를 역까지 데려다주기엔 모두들 술에 취했다는 것이다. 바람에 깡통 굴러가는 소리가 유난히 크게 들리는 기차역에 앉아 그녀와 나는 첫 차를 기다렸다. 그녀는 춥다며 내 곁으로 바짝 붙었다. 나는 미안하다고, 그저 미안하다고 말하며 어깨를 감싸주었다.

누구나 일정한 간격을 두고 만나면 좋은 사람이다. 그러나 그 간격이 무너졌을 때, 이 사람이 나를 어떻게 생각하는지 적나라하게 알 수 있었다. 서럽지도 슬프지도 않았다. 이것이 어쩌면 내가 앞으로 알게 모르게 겪게 될 작은 시련 중 하나라는 생각이 들었다. 보기 좋게 보정된 여행 사진 뒤로 감춰진 구질구질한 해프닝들처럼, 외국에서 산다는 것은 잘 꾸며진 삶 뒤로 이방인으로서 말 못 할 아픔과 서러움을 견뎌야 하는 것이 아닌가. 그것을 어렴풋이 알면서도 이곳에 있는 나는 베를린을 곁눈질로 훔쳐보다 들킨 것처럼 얼굴이 화끈거렸다.

독일의 축구 스타 외질이 은퇴한다는 뉴스를 접했다. 터키계 이민자 출신인 외질은 독일이 승리했을 땐 독일인이었지만, 패배했을 땐 터키인이었다고 말했다. 외질이 터키인이라고 손가락질 받았을 그날, 야외 술집에서 월드컵을 보고 있던 우리는 한국의 승리를 조용히 가슴에 품고 술집을 나섰다. 거리를 걷다 비참한 표정으로 울고 있는 독일인을 지나칠 때면 타인의 불행을 억지로 삼키듯 인상을 구겼다. 늘 타던 평화로운 지하철은 차가운 냉기를 뿜는 듯 살벌했다. 독일 국기를 얼굴에 페인팅한 독일인들의 시선을 외면하고 있는데, 한 무리의 청소년들이 건들건들 다가왔다.

"야, 이겨서 좋냐?"

정적을 깬 한마디에 승객들의 시선이 우리에게 쏠렸다. 녀석의 친구들은 미안하다며 녀석을 데리고 재빨리 다른 칸으로 옮겼다. 우릴 보았던 사람들 중 누군가는 통쾌했을 것이라고 지레짐작한다면 배배 꼬인 것일까. 무심하게 덜컹거리는 열차에 우린 말없이 서 있었다. 우리라서 다행이라고 생각했고, 우리뿐이라서 서러웠다. 그날 처음으로 우리가 이방인이라는 것을 알게 되었다.

그리워지는 것

　　부엌 정리를 끝내고 처음으로 밥을 만들어 먹었다. 매 끼 파스타를 만들었지만 파스타를 '밥'이라고 부르진 않았다. 식사를 한다는 행위엔 밥이란 단어가 익숙했다. 아버지는 내게 '밥은 잘 먹고 다니니?'라고 물으셨다. 밥을 먹진 않았지만 "밥은 잘 먹고 있어요."라고 말했다. 텅 빈 방은 조금씩 가구들로 채워졌다. 흔들거리는 나무 의자에 본드를 바르고, 때가 묻은 책상을 몇 번이고 닦았다.

　　까치발로 페인트를 칠할 땐 땀이 쏟아졌다. 손가락 마디마디가 저려와 손을 바꿔가며 붓을 쥐었다. 처음 해본 일이라 익숙하지 않았지만 몇 번의 실수를 거쳐 그럴듯하게 칠하게 되었다. 그녀는 벌써 우리의 땀이 밴 집이라고 말했다. 나는 땀을 닦고 페인트 통에 물을 부었다.

못 하나를 사느라 상점을 찾아 헤맸다. 독일어가 입에 붙지 않아 번역기를 달고 산다. 밤늦게까지 집 정리를 하다 잠드는 것은 일상이 되었다. 이제는 집처럼 느껴질 때가 됐건만, 아직도 현관을 열면 코끝을 간지럽히는 어색함에 잠시 자리에 멈추곤 한다. 편안함이란 느낌까지 도달하는 데 걸리는 시간의 문제인지 아니면 어쩔 수 없는 정서의 문제인지는 알 수 없었다. 창문을 열면 들려오는 내 것이 아닌 소리에 이 시간마저도 낯설어질 때 우린 부엌 앞에 선다.

"우리가 살아갈 곳이야."

짙은 쌀밥 냄새를 맡고 있으면 살고 있음을 느낀다. 어서 먹자며 내 앞에 밥 한 공기를 놓곤 호호 불며 된장찌개를 한 숟갈 뜨셨던 아버지가 떠올랐다. 오늘은 간이 잘 됐다고. 너도 맛봐보라고. 평소엔 과묵하셨던 아버지와 살갑지 못했던 나는 밥을 먹을 때면 이런저런 얘기를 나누었다. 이제 우리에게 살아갈 곳이 생겼다. 3년 뒤면 나는 내가 태어났을 때의 아버지 나이가 된다. 생애 처음으로 자신이 책임져야 할 가족이 생긴 어린 아버지가 생각났다. 부엌 사진을 찍어 아버지께 보내드렸다.

중학생 때였던가. 아버지와 크게 다퉜던 날, 나도 모르게 "난 절대 아버지처럼 살지 않을 거야."라며 소리 질렀다. 당장 손이 날아올 줄 알았건만 아버지는 그 자리에 가만히 서 계셨다. 말을 잇지 못하시는 건지, 말을 하고 싶지 않으신 건지 알 수 없었다. 침묵이 두려워 생각나는 대로 마구 지껄이기 시작했다. 그날 끝끝내 아버지는 아무 말씀도 하지 않으셨다.

다음 날도, 그다음 날에도 특별한 일은 없었다. 불쑥 내가 아버지에게 찾아가 죄송했다고 사과드리는 일도, 아무런 일도 없었다는 듯 아버지가 내 어깨를 만져주는 일도 일어나지 않았다. 같은 공간에 있었지만, 서로에게 불편함을 주지 않을 만한 간격을 둔 채 며칠을 보냈다. 삶이라는 건, 내가 살아야 할 세상이라는 건 언제 그랬냐는 듯 웃으며 아침 인사를 건네는 일일연속극이 아니었다. 그저 살아가야만 하는 것이었다.

아버지는 내가 돌이 지났을 무렵 홍콩으로 발령이 났다. 아직 젖 냄새도 가시지 않은 자식과 이별하여 타국으로 갔을 그마음을 이해할 길은 없다. 다만 홍콩 바다에 서서 저 멀리 집방향을 바라봤을 아버지의 뒷모습이 어렴풋이 보일 뿐이다. 언젠가 내가 조금 자랐을 때 아버지는 홍콩에서의 날들을 이야기해주셨다. 젊음만 믿고 갔던 그곳에서의 삶은 쉽지 않았다.

말도 잘 통하지 않는 사람들 속에서 홀로 버티는 날들은 외로웠다. 며칠 동안 제대로 된 대화를 하지 못했던 것을 깨닫고는 수화기를 들었다.

"동하 좀 바꿔줘……."

아버지는 수화기 너머 옹알대는 목소리를 그저 듣고만 있었다. "다들 잘 지내네. 또 연락할게." 전화를 끊고 숨을 길게 내쉬며 천장을 바라보았다. 아버지를 가장 힘들게 했던 것은 그리움이었다. 집에 두고 온 갓난아기, 그 작은 존재 옆에 있어주지 못한 것이 아버지를 미치도록 힘들게 했다.

아버지로부터 메시지가 도착했다.

'그래. 잘하고 있다. 언제나 응원한다.'

집을 떠난 뒤에야 집을 생각한다. 낯선 곳으로 여행을 떠났을 땐 집이 그리웠다. 그리고 내가 그 낯선 곳을 집이라 부르기 시작했을 땐, 나의 어린 시절, 홍콩 바닷가에 서 있었던 한 남자가 그리워졌다.

틀려도 괜찮아

새로운 반이 되었다. 독일어 레벨은 A2. 여섯 단계 중 두 번째 단계다. A2부터는 어느 정도 자신이 말하고자 하는 바를 말할 수 있는 단계라고 한다. 잠깐 화장실 좀 다녀오겠다고 하거나 바쁜 일이 있어서 숙제를 못 했다고 말할 수 있는 단계가 A2다. 수업 첫날, 난무하는 독일어 틈바구니에 가만히 앉아 있었다.

주말에 뭐했냐는 선생님의 질문에 이웃과 통성명을 했다는 얘기부터 친척 중 하나가 교통사고를 당했다는 얘기까지 막힘 없이 독일어로 말하는 친구들을 보며 혹시나 나에게 질문을 할까 조마조마한 가슴을 부여잡았다. 화장실을 가고 싶어도 꾹 참았고, 무슨 일이 있어도 숙제는 다 해갔다. 수업이 끝나면 차가운 물 한 컵을 벌컥벌컥 마셨다. 입안에 깊게 배였던 단내가 수분과 함께 사라졌다.

스코틀랜드에서 온 케빈은 단연 반에서 가장 뛰어난 친구였다. 선생님에게 농담을 던질 정도로 독일어가 유창했고, 모르는 단어엔 스리슬쩍 영어를 사용하는 재치까지 겸비했다. 케빈과 선생님의 1대 1 과외라고 생각될 정도로 녀석은 수업을 주도했다. 케빈의 대답이 길어지면 길어질수록 한 움큼 남았던 자존감마저 사라졌다. '왜 우리 반에 있는 거지?'라고 시샘을 하지 않았다면 거짓말일 것이다. 그래서 내심 녀석을 부러워하기도, 일부러 인사를 피하기도 했다.

하루는 케빈과 팀이 되어 역할극 대본을 써야 했다. 가장 잘하는 친구와 협업을 해야 한다는 부담감과 그렇게나 숨기고 싶었던 나의 형편없는 독일어 실력이 탄로 날 것이라는 걱정에 쉽게 집중할 수 없었다. 녀석은 펜을 잡고 쓱쓱 대본을 써 내려갔다.

"여기서는 내가 이렇게 말하고, 그다음에 네가 이렇게 말하면 되겠다."

나는 그저 녀석이 쓰는 걸 지켜보기만 했다. 대본이 완성되었고 케빈은 "이 정도면 쓸 만하지? 너도 한번 봐봐!"라며 내게 대본을 건네주었다. 두어 줄을 읽었을까. 금세 이상한 낌새를 눈치챘다.

단어며 문법이며 문장 구조며 하나도 제대로 맞는 것이 없었다. 나 정도의 독일어 실력으로도 이건 단지 영어 단어를 그대로 독일어 단어로 바꾼 것임을 한눈에 알 수 있었다. 이렇게 제출하려고 했다니. '그냥 내가 쓸게.'라고 말하려던 것을 간신히 참았다. 싱글벙글 웃고 있는 녀석을 보자 여태껏 녀석이 틀리든 말든 생각나는 대로 독일어를 뱉었음을 깨달았다.

유창하다고 생각했지만 케빈은 사실 반 친구들과 별 차이가 없었다. 오히려 문법 지식은 전무했고, 그럴듯하게 들리던 문장도 영어 단어를 독일 발음으로 발음한 것이었다. 차이라면 녀석이 가진 자신감이었다.

"이 단어 스펠링은 이거고, 동사는 여기 와야 할 것 같은데."라고 말하자 녀석은 드디어 알았다는 듯 "굉장해! 알려줘서 고마워!"라고 말하며 다시 펜을 잡았다.

관중을 사로잡을 것 같은 연기로 역할극을 하고 있는 그를 보자 '케빈의 인생에는 정답과 오답이라는 것이 있을까'라는 생각이 들었다. 아마 녀석의 인생에는 정답과 곧 정답이 될 오답만 존재할 것이다. 연극을 마치고 살며시 윙크를 하는 녀석에게 엄지손가락을 세워주었다.

그녀와 함께 독일에 가기로 결정한 뒤 가장 큰 걱정은 언어였다. 너희 둘이 살면 독일어 안 늘 것이라는 말을 수없이 들었기 때문이다. 얼마나 언어를 잘 구사하느냐에 따라 삶의 질이 달라지는 이곳에서 누군가는 언어를 위해 자발적으로 독일인과 함께 사는데 하루의 절반을 한국어로 대화하는 우린 그만큼 뒤처질 수밖에 없었다.

'3개월만 따로 살까?'라고 농담 반 진담 반으로 고민했던 우리는 결국 하루에 한 시간씩 독일어로 대화하기로 결정했다. 맞선을 보는 것처럼 마주 앉아 엉망진창인 독일어를 더듬거리며 말하니 얼굴이 시뻘게질 정도로 창피했다.

입안을 맴도는 단어를 찾느라 애꿎은 정적이 흐르고, 구수한 발음이 나도 모르게 섞여 나올 땐 이걸 괜히 하자고 했나 싶었다. 주눅 들고 부끄럽고. 익숙한 감정이었다. 그럴 때마다 그녀는 "괜찮아. 틀려도 돼."라며 나를 기다려주었다. 상냥한 그 미소는 내 마음의 결을 쓰다듬어주었다.

뒤죽박죽이던 머릿속은 차분해지고 숨은 한결 가벼워졌다. 반복되는 실수에도 까르르 웃는 그녀를 보자 조금씩 자신감이 붙었다. 아, 케빈은 이렇게 살아왔겠구나. 케빈을 가장 사랑해주는 사람은 어렸을 적 케빈이 멋쩍게 내미는 시험지를 받고 머리를 쓰다듬어주었겠구나.

"괜찮아. 틀려도 돼."

따스한 말과 함께 어린 케빈의 얼굴에 환한 웃음이 번지고

있었다. 엉뚱한 대답을 하는 그에게 상냥한 미소를 보내는 그
들을 보며 자랐겠구나. 그 미소가 케빈을 케빈답게 만들었겠구
나. 나를 가장 사랑해주는 이를 바라보았다. 그리고 문득 훗날
의 우리의 아이를 생각했다.

별을 보면 생각나는 사람

한국에서 에어비앤비를 했던 경험을 살려 작게 민박집을 시작했다. 이름은 '루저들의 살롱'. 오가는 손님을 받으며 그들의 삶을 엿듣기도, 우리의 삶을 보여주기도 하며 베를린에서 일상을 보냈다. 사실 이카 아주머니의 예약을 받았을 때, 새로운 사람을 만난다는 설렘보다 걱정이 앞섰다. '루저들의 살롱'을 오픈한 이래로 독일인 손님은 처음이었기 때문에 비유하자면 한국어를 잘 못하는 외국인이 서울에서 한국인 손님을 게스트로 받는 기분이었다. 오히려 우리가 베를린의 볼 만한 곳을 물어봐야 할 상황이었으니 예약일이 다가올수록 걱정은 더해갔다.

이카 아주머니가 도착하기 하루 전, 일이 터졌다. 갑자기 인터넷이 먹통이 된 것이다. 독일에서는 이런 일이 비일비재하다고는 하나 LTE 세상 속에서 살아온 우리에겐 여간 큰일이 아니었다. 우리는 알림장을 학교에 두고 온 어린아이가 부모에게 죄를 먼저 고하는 심정으로 사실대로 말했다. 갑작스러운 해프닝을 좋아하지 않는 독일인의 성격에 비춰봤을 때, 취소를 하거나 혹은 합리적인 대안을 제시할 것이라고 짐작했다. 하지만 대답은 뜻밖이었다.

"언제나 해프닝은 생기지요. 삶이라는 게 그렇잖아요. 이번 일로 또 다른 좋은 일을 가져다줄지. 우리 한 번 기다려봐요."

알림장을 학교에 두고 와 어쩔 줄 몰라 하는 어린아이를 따스하게 안아주는 어머니. 그것이 이카 아주머니에 대한 우리의 첫인상이었다.

이카 아주머니는 베를린에서 열리는 '생각 모임'이란 회의에 참여하기 위해 이곳을 방문했다. 각자가 인생에서 얻은 교훈, 살면서 배운 가르침을 공유하는 자리였다. 그래서인지 우리에게 많은 질문을 던졌으며, 또 많은 것을 알고 싶어 했다.

이카 아주머니는 한국이란 나라를 잘 알지 못했다. 어떤 언어를 쓰는지, 어떤 문화를 가졌는지, 기후는 어떤지. 한국이 중국과 가까이 있어서 그렇게 생각하셨는지 "혹시 한국도 인터넷 규제가 심하니?"라고 조심스레 물었다. '아니, 한국을 어떻게 생각하는 거야.'라고 불끈할 찰나 이어지는 "미안, 내가 잘 몰라서 그러는데⋯⋯."라는 진심 어린 배려에서 내가 존중받고 있음을 느꼈다.

'외국인이라면 한국에 대해 이 정도는 알아야지.'라고 생각했던 내게 이카 아주머니는 무지와 지의 차이는 결국 지식의 합계가 아닌 타인에 대한 태도라고 말해주는 것 같았다. 우리와 이카 아주머니는 매일 밤 발코니에 앉아 별을 보았다. 누군가 이야기를 시작하면 우린 조잘거렸고, 이야기가 끝나면 또다시 별을 바라보았다. 이카 아주머니는 그녀에게 독일에 오는데 부모님이 반대하지 않으셨냐고 물었다. 독립되었지만 독립되지 못한 한국의 부모자식 사이의 묘한 관계에 대해 말해주자 꼭 자신의 어렸을 때 이야기를 듣는 것만 같다며 귀를 쫑긋 세웠다. 완벽한 이카 아주머니의 오빠와 조금 남달랐던 이카 아주머니. 오빠가 보는 세상은 아름다웠지만 이카 아주머니가 본 세상은 문제가 많았다.

스무 살이 되었을 때, 이카 아주머니는 아프리카를 여행했다. 가난과 질병으로 불우한 인생을 살고 있을 거라 짐작했던 아프리카 어린아이들이 따사로운 햇볕 아래 뛰노는 모습을 보며 '옳음과 그름'에 대해 생각했다. 인간이 일생을 살아가며 보고, 듣고, 느낀 것만이 그 사람에겐 '옳음'일 수도 있음을 깨닫자 부모님을 이해할 수 있었다.

그토록 미워하던 사람들도, 우스꽝스럽다고 여겼던 유행도, 구질구질한 규칙들도 모두 받아들일 수 있을 것 같았다. 그때부터 이카 아주머니는 거리로 나가 사람들을 만났다. 이야기하고 또 이야기하고. 나의 옳음과 너의 옳음 사이 존재하는 무수히 많은 이야기들을 듣고, 공감하며 흩어진 세계를 한데 모으려고 애썼다. 아직도 어떤 해답을 찾고 있다고 했다. 나는 그 질문이 무엇인지조차 가늠할 수 없었지만 머지않아 찾을 수 있을 것이라 확신했다. 별을 바라보는 이카 아주머니를 보면 그런 확신이 들었다.

이카 아주머니가 떠나는 날, 가방에서 꺼낸 잼과 포도 원액을 우리에게 건넸다. "우리 집 마당에서 직접 재배한 거야. 너희들 주려고 집에서 가져왔어." 독일인은 가까운 사이일수록 비싼 선물이 아닌 자신이 직접 만든 무언가를 준다는 얘기를 들었다. 아주머니가 말했던 '좋은 일'이란 이런 것이 아니었을까. 함께 보냈던 밤을 잊어갈 때쯤, 우리에게 연락이 왔다. 집 앞 공원을 찍은 사진, 도서관 옥상에서 바라본 하늘, 우리가 이야기했던 책들. 어디서 보았는지 태극기를 사진 찍어 보내며 말했다. 한국을 보면 이제 너희들이 생각날 거야.

밤하늘의 별을 볼 때, 우리는 이카 아주머니를 생각한다.

나도 당신과 같은 사람이에요

몇 주 전에 심었던 깻잎이 고기 두 점은 너끈히 올릴 만큼 자랐다. 한 차례 깻잎을 수확한 뒤 다시 그 자리에 새싹이 올라왔다. 이번엔 어디서 날아왔는지 그 작은 화분에 다른 새싹이 자라기 시작했다. 고개를 쭉 내밀어야 간신히 보이는 이 녀석들이 얼마나 살아남고 싶어 했는지 짐작이 간다. 옆집 트레드 할아버지는 매일 발코니에 새 모이를 둔다.

아침이 되면 새들은 발코니에 앉아 모이를 쪼아 먹는다. 모이를 먹다가 트레드 할아버지가 다가오면 반대편 교회 첨탑에 가 앉는다. 멀리서 모이를 갈아주는 트레드 할아버지의 모습을 보고 녀석들은 흐뭇한 미소를 짓고 있을까. 모이 통 옆에 길게 자란 해바라기는 내 쪽을 향하고 있었다. 한 생명이 한 생명을 지켜주고, 또 한 생명이 한 생명을 지켜보고 있었다.

오늘은 러시아에서 온 손님이 체크아웃을 했다. 독일 대학을 지원하러 왔는데, 매사에 '혹시', '가능하면', '미안한데'를 붙여 말하는 조용하고 배려심이 깊은 손님이었다. 화장실에 둔 카카오톡 캐릭터 슬리퍼를 무척 좋아했던 손님은 거실이고 방이고 매일같이 신고 다녔다. 그것을 본 우린 "한국에서 하나 더 가져왔으면 주는 건데." 하고 아쉬워하기도 했다. 간밤에 우는 소리가 들렸다. 나도 모르게 방문 앞에 멈춰 선 채 귀를 기울였다. 터져 나오는 눈물을 간신히 틀어막은 것처럼 울음소리는 희미하지만 분명했다. 낯선 손님, 방 건너에서 들려오는 울음소리, 다른 언어. 내겐 편안한 이 공간이 누군가에겐 울음조차도 참아야 하는 곳이라니. 이곳이 무척 낯설었다.

아침이 되자 손님은 퉁퉁 부은 눈으로 조심스레 우리에게 다가왔다. 집은 어떻게 구해야 하냐고. 아마 어젯밤 울음이 출발한 질문이었으리라. 우리가 건네준 종이를 주머니에 넣고 손님은 문을 나섰다. 양손에 캐리어를 들고 계단을 내려가는 손님의 뒷모습을 보며 그녀가 좋은 집을 구했으면 좋겠다고 말했다. 나는 작은 화분에 난 새싹을 생각했다. 발걸음을 떼지 못하는 그녀에게 해바라기를 키우면 어떻겠냐고 물었다.

독일에서 외국인이 처음 집을 구하는 것을 'Evil Cycle(악순

환)'이라고 한다. 집을 찾기 위해선 먼저 은행에서 재정 증명을 해야 하고 재정 증명을 위해서는 살 곳이 있다는 거주지 등록이 되어 있어야 한다. 재밌게도 거주지 등록을 하려면 실 주소가 있어야 하기 때문에 이제 막 건너온 외국인한테는 어림도 없는 이야기였다. 베를린은 유럽 내에서 문화와 예술, 경제의 중심지로 거듭나며 인구가 큰 폭으로 늘어났다. .

전 세계에서 몰려든 각계각층의 사람들은 집을 구하려고 줄을 섰고, 그만큼 공급이 없어 작년만 25% 정도 폭발적으로 집값이 상승했다. '가난하지만 섹시한 도시'로 알려진 베를린은 이제 그냥 '섹시한 도시'가 된 것이다. 우리가 막 베를린에 도착했을 때, 이곳은 사상 최악의 '집 구하기 대란'을 겪고 있었다. 현지인도 집을 구하는 데 애를 먹는데 독일어에 능숙하지 않은 외국인이 쉽게 구할 리 없었다. 오죽하면 어학원에서 친구들과의 첫인사가 '집은 구했어?'였을 정도로 심각한 수준이었다. 통통통 길바닥을 긁으며 호스텔 앞에 도착했을 때만 해도 얼마나 많은 고난이 우리를 기다리고 있을지 예상조차 하지 못했다.

뻔한 레퍼토리지만 집을 구한다는 메일을 백 통쯤 보내도 답장이 오는 것은 극히 일부였다. 가뭄에 가랑비 내리듯 오는 답장마저도 이미 계약이 되었다거나 보통 수준 이상의 통장 잔고를 요구했다. 문화와 언어가 다른 외국인에게 자신의 공간을 내어주는 일엔 강력한 믿음이 필요한 것 같았다. 그 믿음이 있어야 우린 그들과 같은 사람이 될 수 있었다. 하루, 이틀 임시 숙소를 나가야 하는 날은 다가오고, 제대로 된 집은 코빼기도 찾지 못했다. 이대로 길거리에 나앉을 수도 있다는 사실보다 더 두려웠던 것은 급한 마음에 아무 곳이나 계약해 후회를 안고 살아가는 것이었다.

언제나 이상과 현실은 등을 돌리고 있다. 하나를 마주하면 다른 하나는 볼 수 없다. 그 마주하고 있는 등과 등 사이엔 무엇이 있을까. 나는 늘 그것이 궁금했다. 조급해진 우리는 문자를 보내기도, 전화를 걸어 "혹시 메일 확인해줄 수 있습니까?"라고 사정하기도 했다. 베를린에서 집을 구한다는 것은 '나도 당신들과 같은 사람이에요.'라고 외치는 절규와도 같았다.

집을 보러 오라는 답장을 받았고, 들뜬 마음에 약속 시간보다 30분 일찍 도착했다. 깔끔한 옷을 입고 한껏 미소 짓는 연습을 하며 집주인에게 건넬 커피 한 잔까지 손에 들고 문을 열었다. 하지만 그곳에는 이미 나와 마찬가지로 집을 구하려는 수십 명의 사람들로 차 있었다. 집주인은 독일 청년들과 즐겁게 대화를 나누고 우리 차례가 되자 이제는 지쳤다는 듯 무기력한 표정으로 집에 관해 설명했다. 우리가 이겨내야 할 것은 재정 증명 같은 서류가 아닌 그 너머에 있는 눈에 보이지도, 손에 잡히지도 않는 것이라는 생각이 들었다.

집주인은 자정까지 고민해보고 연락을 준다고 했다. 그 대답이 무엇일지 짐작할 수 있었다. 미리 느낄 수 있다는 것은 슬픈 일이었다. 다른 집들을 가보았지만 별다른 수확은 없었다. 마치 모든 것들이 이미 계획되어 있던 것처럼 우린 멀찌감치 서서 구경했고, 다른 이들보다 일찍 그곳을 빠져나왔다.

마음이 조급해지자 여기저기 메일을 보내기 시작했다. 급한 이들은 늘 냄새를 풍긴다. 그리고 사기꾼들은 그 냄새를 기가 막히게 맡는다. 초조한 마음에 덜컥 제안을 받아들였고, 송금 버튼을 누르기 직전 이것이 사기라는 걸 깨달았다. 누군가 우리의 돈을 작정하고 가로채려고 했던 일을 몇 번 겪자 베를린에서 집을 구하는 것이 얼마나 힘든 일인지 새삼 실감했다. 그러던 중 반가운 메일이 도착했다. 괜찮다고 여겼던 집 중 하나였다. 우리는 당장 집을 보러 간다고 했다.

어떤 모습을 믿었을까

집주인의 이름은 아비브(Aviv)였다. 그녀가 '아비?'라고 되묻자 그는 웃으며 '아비브'라고 발음을 고쳐주었다. 페인트가 잔뜩 묻은 작업복 바지에 남루한 티셔츠. 작은 공구들을 바지춤에 매단 그가 나에게 악수를 청했다. 사람을 겉모습으로 판단하면 안 된다고 늘 되뇌지만 이런 상황에서 그의 티셔츠에 묻은 얼룩에 눈이 가는 건 내가 어쩔 수 없는 속물이기 때문일까.

그는 집안 곳곳을 보여주었고 계약에 관해서도 설명해주었다. 낡은 집이었지만 마음에 쏙 들었다. 무엇보다도 이보다 더 좋은 조건으로 집을 구할 수 없을 것이라고 장담했다. 독일은 세입자의 권리가 우선이다.

집주인이 얼렁뚱땅 월세를 올리지 못할뿐더러 세입자를 마음대로 쫓아내지도 못한다. 그래서인지 세입자를 고르는 기준이 까다롭다. 수십 명을 모아놓고 압박 면접을 보듯 하는 곳도 있고, 필요한 서류가 없으면 아예 지원조차 못하기도 한다. 그런 무시무시한 얘기를 수없이 들었던 우리는 잔뜩 긴장했다. 독일에 온 지 얼마 안 되어 재정을 증명하진 못하지만 돈을 밀리지 않고 낼 수 있다고, 곧 일을 할 거라고, 정말 성실한 사람들이라고 절박함을 담아 말했다.

그는 서류를 훑어보고 만족스럽진 않지만 어쩔 수 없다는 듯 고개를 끄덕였다. 그리고 결정되면 곧 연락을 줄 테니 연락처를 적으라고 노트를 건넸다. 그의 노트엔 연락처가 빼곡히 적혀 있었다.

우리와 계약을 하겠다는 그의 전화를 받았을 땐, 드디어 지낼 곳을 찾았다는 기쁨보다 왜 많고 많은 사람 중 우리를 선택했지라는 의심이 앞섰다. 우리에겐 갑작스러운 호의에 고마움을 느낄 만큼의 아무런 여유가 없었다. 며칠간 느꼈던 서러움은 뾰죽한 꼬챙이가 되어 누군가의 살을 파고들 준비를 하고 있었다. 혹시 우리를 만만하게 보고 사기를 치려고 하는 건 아닌지. 다른 속셈이 있어서 우리를 고른 것이 아닌지.

약자의 상상력은 강하다. 그 상상의 끝은 언제나 불우한 결말이기에 등에 돋친 날카로운 가시는 타인을 향했다. 우리는 갖가지 서류를 요구했다. 주인임을 확인할 수 있는 서류부터 신원을 증명할 수 있는 서류까지. 불안한 마음에 여기저기서 주워들은 서류들을 모두 언급했다. 계약서만 가져온 그도 당황한 것 같았다. 며칠 사이에 준비할 수 있는 서류들이 아니니 준비하는 대로 가져다주겠다고 했다. 하지만 우리에게 확실한 긍정이 아닌 대답은 모두 거짓으로 느껴졌다. 우린 그 정도로 절박했고, 또 연약했다.

믿음이 사라진 대화는 도돌이표 같았다. 당장 내일이 입주일이기에 계약을 원하는 아비브. 서류를 보여주기 전까진 계약서에 사인을 하지 못하겠다고 우기는 우리. 세 시간이 넘도록 대화는 끝나지 않았다. 땀은 흐르고, 손은 떨리고 하루치 영어 사용량을 모두 써버린 나는 영유아기 수준으로 계약에 관해 의견을 개진했다. 아비브는 숨을 내쉬며 나지막하게 말했다.

"어제만 해도 열댓 명이 집을 보러 온다고 했어. 대부분 약속 시간보다 늦게 도착하거나, 아무런 말도 없이 안 왔지. 먼저 도착해서 나를 기다린 사람은 너희가 처음이야. 너희가 길게 써준 메일을 읽고 어떤 사람들인지 만나보고 싶었어. 그래서 독일 통장도 없는 너희들을 믿고 계약서를 가져왔어. 서로가 작은 믿음만 있으면 될 것 같은데. 난 너희를 믿고 이 자리에서 집 열쇠를 줄 수 있어. 자, 너희들은 무엇을 믿을래?"

지금 생각해보면 그의 입장에선 몇 시간 동안이나 아무것도 모르는 철부지 동양인 친구들을 상대하기보다 '그냥 이 집에 오지 마!'라고 말하고 계약서를 찢고 일어설 수도 있었다. 하지만 그는 왜인지 모르지만 우리같이 겁 없이 뛰어드는 젊은이에게 호감을 느꼈던 것 같다. 그는 차분히 우리에게 자신의 입장을 설명했고, 버벅거리며 갈 길을 찾지 못하는 우리의 초라한 영어 앞에서 괜찮다고, 시간은 많으니 천천히 말하라며 커피를 건넸다. 그는 그런 사람이었다.

계약금의 일부를 주고 열쇠를 받는 것으로 대화는 마무리되었다. 준비된 서류를 보여줘야 잔금을 줄 것이라는 그녀의 말에 아비브는 옅은 미소를 띠었다. 그리고 고장 난 세탁기를 교체한다면서 카트를 끌고 나갔다. 그의 뒷모습을 보고 있자 뾰족했던 마음이 풀어지는 것 같았다. 앞모습은 공을 들여 꾸밀 수 있지만, 자신의 뒷모습은 꾸미지 못한다. 그래서 뒷모습은 그 사람이 어떤 삶을 살아왔는지 여과 없이 보여준다. 꿋꿋이 삶을 견뎌온 뒷모습. 내가 아는 한 남자와 많이 닮았다는 생각이 들었다.

카트를 끌고 부엌으로 가는 그에게 우리도 돕겠다고 나섰다. 아비브는 의아한 표정을 짓고 잠시 망설이더니 흔쾌히 승낙했다. "그럼 우리가 얼마나 잘 맞는지 보자." 그는 너스레를 떨고는 카트에 세탁기를 실었다. 방금 전까지의 날카로운 신경전은 온데간데없이 오랜 동료처럼 호흡을 맞추며 세탁기를 옮겼다. 세탁기를 차에 싣고 땀을 닦으며 아비브는 말했다. "너희 진짜 집에 들어올 거구나?" 우리는 거친 숨을 내쉬며 "이제 알았어요?"라고 장난스럽게 대꾸했다. 우리는 아비브의 어떤 모습을 믿었을까.

함께 사는 즐거움

아비브의 지극한 인내 덕분에 우리는 결국 이 집에 입주할 수 있게 되었다. 그는 종종 이제 우린 친구다, 집주인과 세입자의 관계는 싫으니 너무 경직된 자세로 나를 대하지 말아달라고 말했다. 돈을 내는 사람과 받는 사람이 친구가 되다니. 편안하게 자신을 대해달라던, 문제가 생기면 언제든지 말해달라던 전 집주인 아저씨가 떠올랐다.

상냥한 얼굴로 우리에게 인사를 건넸던 아저씨는 우리가 나갈 때가 되자 집에 있던 가구를 헐값에 차지하려고 술수를 부렸다.

자본의 흐름에 따라 사회적 위치가 결정된다고 은밀하게 배워왔던 나는 그의 친근한 말투가 우리를 떠보는 시험이라고, 갑 스스로가 아량이 넓은 척 자기만족에 빠져 있는 것이라고 확신했다. '지금은 장단에 맞춰주지만 언제든지 네가 변할 것임을 알고 있어.'라고 되뇌었다.

무언가 원하는 것이 있어서 다가온 이들은 팔다리를 내어줄 것처럼 얘기했지만 막상 그것을 취하면 전혀 다른 사람이 되어 있었다. 그런 과정을 숱하게 겪으며 한 가지 깨달은 것이 있다면 '이 세상에 나쁜 사람은 없다. 다만 나쁜 상황이 닥치면 변하는 사람은 있다.'였다.

아비브와 '친구'가 된 계기는 아이러니하게도 우리가 최악의 날을 보내고 있을 때였다. 평화로운 주말을 맞이해 장을 보기 위해 집을 나섰다. 문을 닫는 순간, 그녀가 말했다.

"근데 열쇠는 챙겼어?"

좋지 않은 신호였다. 기술이 금값인 독일에서 문을 열기 위해 열쇠수리공을 부르면 한국에선 문짝 하나를 달 수 있는 가격인 25만 원부터 요구했다. 모두가 쉬고 싶은 주말 오후 6시였으니 부르는 게 값일 터였다.

월세도 버거웠던 유학생인 우리는 말없이 복도에 앉아 있을 수밖에 없었다. 마치 무인도에 떨어져 망망대해를 바라보는 심정이었다.

해가 떨어질 때쯤, 그녀는 "아비브한테 말해보자."라고 조심스레 입을 열었다. 우리가 입주하던 날, 아비브는 우리에게 열쇠를 건네며 이것밖에 없으니 잃어버리면 책임을 져야 한다고 힘주어 말했었다. 그에게 도움을 청해봤자 소용없는 짓일 거라고, 오히려 바보 같은 짓을 했다고 화만 낼 것이라고 생각했다. 하지만 수세에 몰린 나는 힘없이 통화버튼을 누를 수밖에 없었고 여러 번의 통화음이 끊기고 "어, 무슨 일이야?"라는 아비브의 목소리가 들려오자 사정없이 심장이 뛰었다.

사정을 들은 아비브는 아무 말이 없었다. 몇 초의 정적은 마치 사형 선고가 내려지기 직전의 무거운 침묵처럼 느껴졌다. "거기까지 가려면 좀 걸릴 것 같은데."라고 아비브는 낮은 목소리로 말했다. 우리는 괜찮다고, 밤을 새우더라도 기다릴 수 있다고, 이 밤에 정말 미안하다고, 두 손으로 핸드폰을 붙잡고 말하며 맘속으로 진심이 전해졌기를 간절히 바랐다. 그는 웃으며 말했다. "너희가 나를 집주인으로 생각하면 비용을 지불하고, 나를 친구라고 생각한다면 시원한 맥주 한 잔만 줘." 저 깊은 곳, 어딘가가 진하게 아려와 말을 이을 수 없었다.

아비브는 캄캄한 복도에 쭈그려 앉아 있는 우리에게 '어둠의 전사들'이라며 농담을 건넸고 가볍게 문을 열어 들어가라고 손짓했다. 맥주를 마시며 우린 살아온 얘기를 했다. 화가가 되고 싶었던 아비브는 자신에겐 충분한 재능이 없다는 것을 깨닫고는 그 꿈을 포기했다. 자신의 꿈은 이미 사라졌지만 다른 이들의 꿈은 지켜주고 싶었다. 그래서 그가 가진 허름한 집을 아마추어 예술가를 위해 전시장으로 탈바꿈시켰다. 우리에게도 보러 오라며 종종 초대했던 그곳을 꾸미기 위해 그는 밤이면 페인트 붓을 들었다.

내가 보았던 지저분한 작업복은 그가 다른 이들의 꿈을 위해 매일 밤 쏟았던 열정의 흔적이었다. 우리가 길게 써 보냈던 메일을 보고 우리를 세입자로 들이기로 결심했다고 했다. 바다 건너에서 온 글을 쓰는 킴과 그림을 그리는 린. 이 젊은 친구들에게 기회를 주고 싶었다고, 그게 함께 사는 즐거움 아니겠냐고. 마지막 한 모금을 마시며 그는 말을 마쳤다.

두 달 동안 고향으로 휴가를 갔던 아비브는 보기 좋게 살이 올랐다. 잘 쉬고 왔냐는 물음에 "뭐 거기서도 맨날 일이지."라며 넉살 좋게 웃었다. 전시장은 여느 때처럼 차분하면서 활기찼다. 콘크리트가 그대로 보이는 벽에 걸린 그림을 보고 있자 "이 친구가 그림을 그린 알렌이야."라며 화가를 소개해줬다. 우리는 악수를 나눴고 만나서 반갑다며 맥주잔을 부딪쳤다.

함께 사는 즐거움에 대해 생각해보았다. 열쇠를 놓고 왔던 날, 조금 늦게 도착했던 그는 별일 아니라며 문을 열어주었다. 다음부터는 빼먹지 말고 다니라고, 아직 베를리너가 덜 됐다며 농담을 던졌다. 그가 손에 쥐고 있던 열쇠는 마치 새것처럼 반짝이고 있었다.

친절과 미소로 시작한 관계의 결말은 대부분 좋지 않았다. 반면 서로의 패를 까고 시작한 관계는 스스럼없이 치부를 보여줄 수 있는 사이가 되었다. 사람은 자신이 보여주고 싶은 모습만을 타인에게 보여준다. 그 모습을 보고 그 사람에게 실망도 하고, 오해도 하는 것이 우리네 삶이다.

어떤 시인은 '너는 나를 이해하고 있구나.'라는 말은 내가 원하는 대로 나를 잘 오해해준다는 뜻이라고 했다. 아비브와 우린 계약서 한 장을 앞에 두고 보여주고 싶은 모습을 챙길 겨를도 없이 서로를 보여줬다. 조금이라도 가져가겠다고 기를 쓰며 치졸한 말다툼을 하는 도중 서로의 괜찮은 면을 발견했다. 결국 인간이란 벼랑 끝에서 모든 가면을 벗기 마련이니 어쩌면 친구라는 관계가 시작되는 지점도 벼랑 끝일 수 있겠다.

아비브를 만나지 않았더라면 우리의 첫 시작이 어땠을지 상상해보았다. 낯선 땅에서 혼자 살아간다는 것은 질퍽한 늪지대를 건너는 일 같았다.

발 한쪽 디디는 것조차 제대로 하지 못하는 내가 한심하기도, 때로는 답답하기도 했다. 작은 도움과 애정 어린 호의가 없었다면 우린 그 늪에서 무너지고 말았을 것이다. 등을 마주한 현실과 이상 사이에 무엇이 있을까 궁금했다. 그곳에는 함께 살아가는 즐거움이 있었다. 내가 바라는 이상이란 어쩌면 누군가의 곁에 있을지도 모르겠다.

이방인의 삶이란

이방인은 언제나 약자다. 당장 사이렌이 울리며 "모든 입주민들은 신속히 대피해주세요."라고 방송이 나와도 우리는 고개를 갸우뚱거리다 "어! 이 단어 나 아는데!"라고 신나 할 것이다.

열 가구가 사는 아파트에서 외국인은 우리가 유일했으므로 우리 행동 하나하나에 모두의 시선이 쏠렸다. 우리가 누구인지, 어디서 왔는지, 무엇을 하는지를 이웃들은 우릴 만날 때마다 물어보았고, '독일어도 못하는 외국인'이라는 인상을 주기 싫었기에 아는 독일어를 쥐어짜 대답했다.

짐을 옮기고 얼마 안 되어 마주친 아랫집 아주머니에게 그녀는 생기발랄하게 인사했다. "벌써 친해졌어?"라고 묻자 "아니. 좋은 인상을 남기면 좋잖아."라고 그녀는 말했다. 우리가 약자로서 살아남는 방법은 미소였다. 대피 방송이 나오면 '우리도 데려가주세요.'라고 말하듯 늘 미소를 지었다.

언제나 우리 입장을 먼저 생각해줬던 아비브였지만 입주하기 전부터 정숙만은 유독 강조했다. 노부부들과 젊은 가족들이 사는 단지이기 때문에 소음은 불허한다는 그의 말투에서 단호함까지 느껴졌다. 부드럽던 아비브가 그렇게 말하니 층계를 오를 때도 발소리를 죽였다.

그렇게나 조심했지만 예상하지 못한 곳에서 작은 사고들이 터지고 말았다. 발코니에서 신나게 턴 카펫 먼지들이 바람을 타고 아랫집 발코니에 우수수 떨어진 것이다. 발코니에서 식사를 하던 아랫집 아주머니는 우리에게 항의를 했고, 고개를 내밀고 죄송하다고 연신 말했다.

아랫집 아주머니와의 마찰은 하루가 멀다 하고 계속되었다. 항상 까치발을 들고 다녔음에도 층간 소음으로 몇 번의 지적을 받았고, 학원 친구들을 초대해 술을 마신 다음 날에는 "어제 재밌었나 봐?"라는 싸늘한 인사를 받았다. 그럴 때마다 우린 언제나 고개를 숙였다.

약자는 늘 고개를 숙인다. 고개를 뻣뻣하게 들었을 때, 산산

조각 난 관계를 보는 것이 두려워 그렇게라도 붙잡을 수밖에 없었다. 아랫집 아주머니의 비꼬는 듯한 인사를 받은 지 며칠이 지나서였다.

학원을 마친 그녀는 잘 포장된 꽃을 들고 오며 말했다. "아주머니랑 서먹하니까 풀어야지." 나는 조용히 그녀를 안아주었고, 가을 햇살은 따스하게 우릴 비추었다. 마치 그날은 폭풍이 몰아치기 전 고요한 바다 같았다.

점심 식사를 준비하고 있을 때, 누군가 문을 다급히 두드렸다. 아랫집 아주머니는 놀란 표정으로 문 앞에 서 있었고 무언가를 물어보았다. 그것이 무엇인지 알 수는 없었으나 폭풍임을 직감했다. 그녀는 손님이 오기 전에 욕실 청소를 했다. 매번 그랬듯이 물을 잔뜩 뿌려 욕실 바닥을 닦았다.

계약서를 쓰던 날, 변기 옆 갈라진 틈으로 아랫집에 물이 샐 수 있으니 바닥 청소를 할 때 조심하라고 당부했던 아비브의 말이 떠올랐다. 머리가 멍해졌다. 물이 틈을 타고 아랫집 천장으로 뚝뚝 떨어졌던 것이다.

어쩔 줄 몰라 하며 미안하다고 말하는 우리에게 아주머니는 화장실 쪽을 보며 "괜찮아. 이런 일이 전에도 종종 있었어."라고 한숨을 쉬며 말했다. 하지만 서툰 언어로 미안함을 전달하기에는 우리에게 마음의 빚이 많이 남아 있었다.

아주머니가 떠나고도 이웃에게 폐를 끼쳤다는 미안함에, 큰 사고를 쳤다는 두려움에 가만히 앉아 있지 못했다.

꽃을 들고 아주머니를 찾아갔다. 초인종을 누르기 전, 세차게 뛰는 심장은 터질 것 같았다. 혹시나 아주머니가 화나 있으면 어떡하지. 아주머니의 가족들이 말썽을 일으키는 외국인을 보고 환영해줄까. 딱딱한 표정으로 문 앞에 서 있는 아주머니를 보자 말문이 막혔다.

내 뒤에 서 있던 그녀는 한 걸음 앞으로 나와 정말 죄송하다며 꽃을 건넸다. 아주머니의 굳었던 얼굴은 금세 풀어졌고 꽃다발에 얼굴을 묻으며 향기를 맡았다. 그동안 쌓인 설움이 녹아내리는 듯 그녀는 눈물을 글썽였다. 그것을 본 아주머니는 팔을 벌려 그녀를 안아주었다.

집 안에 들어간 우리에게 아주머니는 가족들을 소개했다. 남편과 어린아이들. 초등학생 정도로 보이는 여자 아이는 색칠 공부를 하고 있었는지 색연필을 한 손에 쥐고 우리에게 다가와 인사를 건넸다. 우린 무릎을 조금 구부리고 아이의 눈을 보며 정말 반갑다고 했다.

"여기서 물이 샜는데, 괜찮아. 집주인이 수리해줄 거야. 걱정하지 마."

아주머니는 우리가 혹시라도 알아듣지 못할까 봐 천천히, 그리고 상냥하게 말을 이었다. 차를 마시며 독일 생활에 대해 얘기를 나눴다. 독일어가 너무 어렵다고 투정을 부리는 그녀에게 아주머니는 "알아. 나도 처음에 그랬어."라며 품에 안긴 여자 아이의 머리를 쓰다듬었다.

우리가 '무슨 뜻이지?'라는 표정을 짓자 "어머 내가 독일인인 줄 알았니? 나도 너희 나이 때 베를린에 왔어."라며 미소를 지었다. 멀게만 느껴졌던 아주머니 곁에 조금은 가깝게 다가선 것 같았다. 앞으로 어려운 일 있으면 언제든지 찾아와. 배웅을 나온 아주머니가 우리에게 말했다.

집으로 돌아온 그녀는 긴장이 풀렸는지 소파에 그대로 주저 앉았다. 우린 손을 꼭 잡았다. '오늘도 무사히 지나갔구나.' 곧 손님이 왔고 며칠간 지낼 방을 소개해주었다. 그녀는 학원 숙제를 마저 하러 방으로 들어갔고, 나는 빨래를 널기 위해 축축한 옷더미를 끌어안았다. 오늘도, 그리고 내일도 변함없이 흘러갈 것이다. 여전히 우린 승객들이 우르르 내려야 그곳이 종점인지 깨닫는 외국인이었고, 이웃 들이 말이라도 걸면 진땀을 빼느라 정신없었다.

가끔은 숨이 턱턱 막혀오듯 답답한 외국 살이지만 터벅터벅 걸어오는 우리에게 창문 너머에서 환하게 인사를 건네는 아주머니를 볼 때마다 삭막한 이 땅에도 들풀이 조금씩 자라고 있음을 느꼈다. 아주머니를 향해 우린 깊은 애정을 담아 손을 흔들었다.

두 발을 땅에 딛고 있어야 할 이유

독일에 오기 전, 그녀와 나는 성공적인 독일 생활을 기원하며 퍼시픽 크레스트 트레일(PCT, Pacific Crest Trail)을 걸었다. 총 6개월 정도가 걸리는 미서부 산맥 하이킹 코스 중 한 달만 걷는 계획을 짰고 혹시나 하는 마음으로 PCT를 같이 걸어보자는 우리의 제안을 티보와 그렉, 제프 아저씨는 흔쾌히 수락했다. 그렇게 우리는 2년 만에 다시 모이게 되었다. 여전히 장난기가 가득한 티보와 이제는 거리낌 없이 옛이야기를 하는 그렉, 그리고 인자한 미소로 우리를 바라보는 제프 아저씨까지. 순례길을 떠올리며 붉어진 눈시울을 보니 우리는 생의 조각을 서로에게 나눠주고 있다고 생각했다.

삶에 치여 서로를 잃어버리더라도 다시금 한데 맞출 수 있는 조각들. 캘리포니아 사막이 끝날 때쯤 우린 순례길과 마찬가지로 작별인사를 나눴다. 한 달간 산속을 함께 누빈 친구들과 헤어짐은 그때보다 더 슬픈 일이었다. 하지만 우리는 함께 슬픔을 맞이하는 법을 배웠고, 더 이상 서로의 공백이 필요하지 않았다. 그들이 캐나다 국경을 향해 걷는 동안 그녀와 나는 독일에서 고군분투하며 삶을 시작했고 겨울이 되자 하나둘씩 그들은 캐나다 국경에 도착했다.

멕시코 국경에서 다 같이 사진을 찍은 날이 초여름이었으니 6개월 만이었다. 반년 동안 미서부 산맥을 온전히 두 발로 걸었던 친구들의 날들을 감히 짐작조차 할 수 없지만, 내가 할 수 있는 최고의 찬사를 보냈다.

완주를 기념하는 축배를 들기도 전, 보릿고개의 고통이 몸속 깊이 배인 한국인으로 태어난 나는 캐나다 국경을 바라보는 티보에게 앞으로 계획은 무엇이냐고 물었다. 티보는 잘 모르겠다고, 그저 흘러가는 대로 사는 것이 계획이라고 했다. 반 년간의 공백, 산속에서의 경이로운 경험. 잊지 못할 사람들. 내가 찾지 못한 답을 그에게서 구하려고 하는 듯 '흘러가는 대로 사는 것'이 무엇이냐고 끈질기게 묻고 싶었다.

서럽고 외로웠던 날, 그녀와 나는 "힘들면 한국으로 돌아가자."라며 서로를 부둥켜안았다. 긴 여행이 끝나면 우리에겐 무엇이 남을까. 애초에 우린 무언가를 남기고자 여행을 떠났던 걸까. 더 묻고 싶었지만 괜한 짓이라는 생각이 들어 관뒀다.

지겨운 여름이 가고 외투를 꺼내 입을 때가 되면 드디어 1년이 지났구나 하고 하늘을 보게 된다. 마냥 좋았던 가을이 조금은 낯설어졌다. 나이를 더해가는 게 두렵기도, 익숙했던 것이 떠나가는 게 그립기도 하다. 어디선가 우수수 떨어져 쌓이는 낙엽처럼 불안도 마음에 쌓이기 시작한다. 해가 넘어가는 일은 더 이상 즐거운 일이 아니다. 아직 살지 못한 수를 두고 바둑판 앞에 앉아 인상을 찌푸리는 늙은 노인처럼 어떻게든 살 궁리를 하는 것이 나의 가을이다. 쉽게 잠에 들지 못하는 밤이면 이불을 더 끌어모은다.

처음 맞이하는 생인데, 태어나고 보니 제 한 몸 가누기도 힘들 만큼 세상은 각박했다. 행복은 항상 몇 발짝 멀리 있었고 평범해지기 위해선 죽을 둥 살 둥 노력해야 했다. 그녀와 나는 내 아이에게, 내 아이의 아이에게 무엇을 물려줄 수 있을지 생각해보았다. 힘들었지만 결국 아름다웠다고 말해줄 수 있을까. 아니면 벌써 포기하는 거냐고 나 때는 그러지 않았다며 우리도 그저 그런 어른이 되어갈까.

얼마 전 지인으로부터 연락을 받았다. 회사를 퇴사하고 전부터 꿈꿔왔던 일을 준비하는 그는 자신을 이해해주지 못하는 부모님과 대판 싸웠다고 했다. 남 부럽지 않게 살라고 하시는 부모님. 지금 그렇게 살고 있다고 하는 그. 삶이란 생각보다 복잡해서 나 하나 행복하게 산다고 될 일이 아니었다. 누군가의 기대를 만족하면서, 또 누군가의 시선을 이겨내면서. 작은 행복을 누리면서 또 뺏기면서. '결국 모두 행복하게 살았답니다.'는 단지 활자 속의 세계라는 것을 깨달았다. 그에게 다 잘 될 거라고 말하는 나의 음성 속에 담긴 무기력함을 외면하고 싶었다.

독일어 학원에서 만난 애니 씨는 미국에서 유년기를 보낸 한국인이다. 며칠을 영어로 대화를 나누다 "사실 저 한국인이에요!"라고 깜짝 선언을 했던 애니 씨의 해맑은 표정을 잊지 못한다. 애니 씨는 도시에서 한참 떨어진 캠핑장의 작은 캐러밴에서 살고 있다. 아침이면 캐러밴 앞 포치에 앉아 커피를 마신다. 햇살은 정답게 애니 씨를 비추고, 따뜻한 커피에 손을 녹인다. 화분에 물을 주고 나면 숲을 한 바퀴 돈다. 숲에는 사과와 배, 그리고 이름 모르는 과일들이 떨어져 있다. 필요한 만큼만 광주리에 담는 것이 애니 씨의 원칙이다. 남은 과일은 숲속의 동물들이 먹는다는 애니 씨의 말은 동화 속 주인공의 대사같이 들렸다. 어쩌다 캐러밴에서 살게 되었냐고 묻자 어렸을 때부터 꿈이었다고 했다. 도시의 번잡함에서 물러나 숲속에서 살고 있는 애니 씨는 종종 배나무에서 따온 배를 내게 건네주었다.

　자전거로 전 세계를 누비고 싶었던 영하 형은 얼마 전 한 아이의 아버지가 되었다. 잘 지내냐고 묻는 안부에 밑도 끝도 없이 아이의 사진을 보내는 형을 보니 이제 아버지가 되었다는 생각이 들었다. 행복하냐고 물어보았다. 형은 슬로베니아 작은 시골 마을이 갑갑하다며 훌쩍 떠나고 싶다고 했다. 결혼은 최대한 늦게 해라, 아이에게 너의 인생을 바치지 말라며 온갖 불평을 하다가도 뜬금없이 아이 사진을 보내며 진짜 귀엽지 않냐라고 묻는 형은 행복해 보였다. 미소 짓고 있는 사진 속 아이는 아버지를 무척 닮았다.

　떨어진 낙엽들이 쌓이고, 그 위에 눈이 덮이고 눈 깜짝할 새 다시 봄이 오는 것처럼 여러 번 가을을 맞이할 것이고, 아마 마지막 가을은 평온할 것이다. 그 가을이 되면 꿈이라는 건 색을 잃어 하얀 종이 위에 검은 글자처럼 무미건조해질 것이고, 정처 없이 흘러가던 나는 단단한 책임이란 뿌리를 내리고 멀리 보이는 곳을 동경하며 살 것이다. 그때가 되면 큰 배낭을 메고 캐나다 국경에 깃발을 꽂았던 티보는 넥타이를 매고 회사를 다니고 있으며, 숲속을 한가로이 거닐었던 애니 씨도 푹신한 매트리스 위에서 잠을 잘 것이다. 모든 일은 꿈꿔왔던 대로 흘러가지 않고, 꿈은 그저 꿈으로 남아 있는 것처럼 말이다.

스페인, 작은 성당에서 만난 그녀와 삶을 나누는 사이가 되었다. "그냥 같이 살까?"라고 장난스레 던졌던 말에 "그럼 짐 싸서 와."라고 흔쾌하게 답했던 그녀. 쭈뼛거리듯 어색하게 침대에 앉았던 날, 타인의 공간이 언제쯤 내 집처럼 편안해질지 생각해보았다.

여러 차례 계절이 바뀌었다. 긴 장마가 찾아왔던 여름엔 그녀와 침대에 나란히 누워 빗소리를 들었다. 그녀는 비가 떨어지는 소리를 들어보라고. 너무 좋지 않느냐며 창문에 손을 얹었다. 나는 좋아하진 않지만 언젠가 좋아질 거라고 그 위에 손을 얹으며 말했다. 우린 서로의 플레이 리스트를 번갈아가며 틀었다. 처음 들어본 이 노래가 네가 자주 듣는 노래구나. 그녀는 노랫말을 흥얼거리며 따라 불렀다. 노랫말은 희미해졌고, 빗방울은 굵어졌다. 마치 처음 들어본 빗소리 같았다. 큰 달이 떴던 날엔 일을 마치고 온 그녀에게 달을 보러 가자고 했다. 어두웠던 골목은 환한 달빛에 희끄무레한 윤곽만 보였다.

우리는 그 골목에 서서 달을 보았다. 그녀는 소원을 빌었고, 나는 눈을 감고 두 손을 모은 그녀를 지켜보았다. 문득 이 사람과 평생을 함께할 것이란 생각이 들었다. 마치 달콤한 꿈을 꾸고 일어난 아침의 개운한 햇살을 맞이하는 것처럼, 달빛은 그녀를 포근하게 품어주었다.

너 없으면 안 된다고 울고불고 했던 우리도 언젠가 중년의 부부가 될 것이고, 그때가 되면 '우리가 그랬었나.'라며 멋쩍은 웃음을 짓겠지. 아침밥을 안 먹겠다고 떼쓰는 아이 입에 수저를 대고 바삐 출근 준비를 하고, 저녁이 되면 고생했다며 입맞춤을 한 뒤 함께 식탁에 앉을 것이다. 별다를 것 없는 하루를 보내고 침대에 누워 도란도란 얘기를 하다 말하겠지. '아 맞다, 그때 기억나? 그땐 정말 행복했는데.' 우리가 우리를 그리워할 나이가 되면 그리운 사람들을 한 자리에 부르고 싶다.

서로의 가족을 소개하고, 따스한 포옹을 건네고 자리에 앉아 그동안 잘 지냈냐고 묻겠지. 아이들은 저편에서 뛰어 놀고, 우리는 각자의 고충을 털어놓는다. 아이들이 걱정이라고. 요새 경기가 좋지 않다고. 사는 얘기를 하며 우리가 어른이 됐다는 것을 실감한다. 누군가가 말한다. 그때 어떻게 서부 산맥을 걸었는지 모르겠다고. 또 다른 누군가가 말한다. 나는 캠핑카에서 겨울 내내 보냈다고, 서울에서 먹었던 비빔밥을 잊지 못한다고. 모두들 그때를 떠올리며 한바탕 크게 웃는다. 그녀와 나는 손을 잡고 서로를 바라본다. 그리고 그들을 보며 미소를 짓는다. 그녀에게 말한다. 오랜만에 같이 걷자고. 어디든지 갈 수 있을 것 같은 자유로움으로 또다시 세상을 향해 발을 내딛는다.

그녀를 만났고 함께 살았다. 내가 나로서 살아가게 해준 사람. 우리가 우리로서 특별해지는 사람. 쓰러지지 않고 두 발을 땅에 딛고 있어야 할 이유를 알게 되었다. 있는 힘껏 지금을 살아가자고. 그래서 서로의 손을 잡고 지금을 기억하자고. 성당에 도착해 계단에서 내려오는 그녀를 본 순간, 그때부터 우리의 이야기는 시작되었다.

이 책을 쓰며 나는 과거에 다녀왔다. 그녀를 처음 보았던 날, 시큰둥한 표정으로 딴청을 피우던 나를 보고 킥킥대며 웃기도, 그녀와 다투고 혼자 밤거리를 걷는 나를 쫓아가며 어서 집으로 돌아가라고 재촉하기도 했다. 글을 쓰다 막힐 때는 그녀를 과거로 불렀다. 그날 너는 이렇게 느꼈구나. 그래서 화가 났었구나.

챕터가 넘어갈수록 우리가 다른 존재라는 것을 실감했다. 다르기에 서로를 배워야 했고, 다르기에 너는 어땠었냐고 물어야 했다. 짧은 시간 여행을 통해 내가 놓쳤던 것들을 하나씩 되짚었다.

타인을 이해하고, 그 마음을 공감하는 것은 어려운 일이다.

우린 서로에게 상처를 주기도 하고, 그 상처에 등을 돌리기도 했다. 그럴 때마다 나는 글을 쓴다. 과거로 잠시 돌아가 그녀를 부른다. 나의 반쪽짜리 과거가 그녀의 반쪽짜리 과거에 맞닿았을 때 우리는 같이 걸을 수 있었다.

산티아고 순례길에서 그녀를 만났다. 나의 삶에서 가장 빛났던 날들, 사랑하는 사람과 함께 살아가는 날들을 이 책에 적었다. '젊은 날엔 젊음을 모르고 사랑할 땐 사랑이 보이지 않는다'는 노랫말을 좋아한다. 젊음과 사랑을 알고 싶어 내 기억을 고스란히 글로 적었다.

우리가 우리를 기억하는 방식

1판 1쇄　　2019년 5월 20일
지은이　　김동하
펴낸이　　손정욱
펴낸곳　　도서출판 답
출판등록　2015년 2월 25일 제 312-2015-000063호
주　소　　서울시 용산구 효창원로 93길 14　8층
전　화　　02-324-8220
팩　스　　02-6944-9077

이 도서의 국립중앙도서관 출판예정도서목록(CIP)은 서지정보유통지원시스템 홈페이지(http://
seoji.nl.go.kr)와 국가자료종합목록시스템(http://www.nl.go.kr/kolisnet)에서 이용하실 수
있습니다.

ISBN　979-11-87229-23-0　03810

*책값은 뒤표지에 있습니다.